「此度——ララノアへの使者を仰せつかりました。よろしくお願いします♪」
はいからメ
リリー
リンスター
普段はち
な才覚を持つ。
では「公女殿下」として使者に抜擢!?
公女殿下の家庭教師15
Tutor of the His Imperial Highness princess

「あら？　思ったよりも
早かったじゃない」
リンスター公爵家長女
リディヤ
「♪」
大精霊『雷狐』
アトラ

「なんでリディヤさんが、
わざわざ兄さんの下宿先へ泊まりに――」
アレンの義妹
カレン
「カレン、リディヤと
リアが一緒、やっ？」
大精霊『炎麟』
リア

「先生っ！」
「受け止めてくださいっ!!」
ハワード公爵家次女
ティナ
四大公爵家であるハワード家に産まれながら魔法を全く使えなかった少女。アレンの指導の下、才能を爆発的に開花させ、王立学校に主席で入学した。

「アレン様っ！」
白の聖女
ステラ
ティナの姉にして王立学校生徒会長。次期ハワード公爵。天使の力を手にして、アレンを助けるためララノアへの同行を決意。

「ティナ、『切り札』は」
「持っていますっ！」

公女殿下の家庭教師
アレン
魔法の制御においては余人の及ばぬ領域にありながらも、己の実力に無自覚な青年。派遣されたララノアで、またも事件に巻き込まれ——!?
初めて会った時と変わらない、
真っすぐな少女と魔杖を合わせ、
氷属性新大魔法『星氷《せいひょう》』を発動。

「今日は私が貴方の隣にいます。
誰にも譲りませんっ!!」

CONTENTS

Tutor of the
His Imperial Highness princess

# 公女殿下の家庭教師15
## 英傑殺しの氷龍

七野りく

ファンタジア文庫

3333

口絵・本文イラスト　cura

# 公女殿下の家庭教師15

英傑殺しの氷龍

Tutor of the His Imperial Highness princess

The Ice Dragon of
Heroic Slayers

# CHARACTER
登場人物紹介

『公女殿下の家庭教師』
『剣姫の頭脳』

**アレン**

博覧強記なティナたちの家庭教師。少しずつ、その名声が国内外に広まりつつある。

『アレンの義妹』
『王立学校副生徒会長』

**カレン**

しっかり者だが、兄の前では甘えたな狼族の少女。ステラ、フェリシアとは親友同士。

『雷狐』

**アトラ**

八大精霊の一柱。四英海の遺跡でアレンと出会った。普段は幼女か幼狐の姿。

『勇者』

**アリス・アルヴァーン**

絶対的な力で世界を守護する、優しい少女。

『ウェインライト第一王女』
『光姫』

**シェリル・ウェインライト**

アレン、リディヤの王立学校同期生。リディヤと互角の実力を持つ。

『王国最凶にして
最悪の魔法士』

**教授**

アレン、リディヤ、テトの恩師。飄々とした態度で人を煙に巻く。使い魔は黒猫姿のアンコさん。

『アレン商会番頭』

**フェリシア・フォス**

南部の兵站を担う→動乱の渦中で父親が行方不明に。

【双天】

**リナリア・エーテルハート**

約五百年前の大戦乱時代に生きた大英雄にして魔女の末裔。アレンへ、アトラを託す。

# CHARACTER
登場人物紹介

## 王国四大公爵家（北方）ハワード家

『ハワード公爵』
『軍神』
**ワルター・ハワード**
今は亡き妻と娘達を心から愛している偉丈夫。ロストレイの地で帝国軍を一蹴した。

『ハワード家長女』
『王立学校生徒会長』
**ステラ・ハワード**
ティナの姉で、次期ハワード公爵。真面目な頑張り屋だが、アレンには甘えたがり。

『ハワード家次女』
『小氷姫』
**ティナ・ハワード**
『忌み子』と呼ばれ魔法が使えなかった少女。アレンの指導により王立学校首席入学を果たす。

『ティナの専属メイド』
『小風姫』
**エリー・ウォーカー**
ハワードに仕えるウォーカー家の孫娘。喧嘩しがちなティナ、リィネの仲裁役。

## 王国四大公爵家（南方）リンスター家

『リンスター公爵夫人』
『血塗れ姫』
**リサ・リンスター**
リディヤ、リィネの母親。娘達に深い愛情を注いでいる。王国最強の一角。

『リンスター家長女』
『剣姫』
**リディヤ・リンスター**
アレンの相方。奔放な性格で、剣技も魔法も超一流だが、彼がいないと脆い一面も。

『リンスター家次女』
『小炎姫』
**リィネ・リンスター**
リディヤの妹。王立学校次席でティナとはライバル。動乱を経て、更なる成長を期す。

『リンスター公爵家
メイド隊第三席』
**リリー・リンスター**
はいからメイドさん。リンスター副公爵家の御嬢様で、アレンとは相性が良い。

# CHARACTER

登場人物紹介

アンナ …… リンスター公爵家メイド長。魔王戦争従軍者。

ロミー …… リンスター公爵家副メイド長。南方島嶼諸国出身。

シーダ・スティントン …… リンスター公爵家メイド見習い。月神教信徒。

グラハム・ウォーカー …… ハワード公爵家執事長。

テト・ティヘリナ …… 『アレンの愛弟子』。教授の研究室に所属する大学校生。

レティシア・ルブフェーラ …… 『翠風』の異名を持つ伝説の英雄。王国最強の一角。

リチャード・リンスター …… リンスター公爵家長男。近衛騎士団副長。

ギル・オルグレン …… オルグレン公爵家四男。アレン、リディヤの後輩。

偽聖女 …… 聖霊教を影から操る存在。その正体は……。

賢者 …… 大魔法『墜星』を操る謎の魔法士。

アリシア・コールフィールド …… 『三日月』を自称する吸血姫。

イオ・ロックフィールド …… アリシアに次ぐ聖霊教使徒次席。

ヴィオラ・ココノエ …… 偽聖女の忠実な僕。

ローザ・ハワード …… ステラ、ティナの母親。故人。多くの謎を持つ。

# プロローグ

「リドリー様、探知終わりました。魔力の波長が一致しています。間違いありません——聖霊教の使徒と異端審問官達《たち》ですっ！」

ラノア共和国首府、工房都市『タバサ』西部郊外。苔生《こけむ》す廃礼拝堂入り口。

探知魔法を止めると、くすんだ金髪で白と銀基調の魔法衣を纏《まと》い、金属製の魔杖《まじょう》を持つ少年——アーティ・アディソン侯子はフード下の頬を紅潮させた。

身体《からだ》は華奢《きゃしゃ》で、魔力灯に灯《とも》される顔は幼い。十五だというが……子犬のようだ。ララノア共和国建国の英雄たるアディソン侯爵家長子の姿に、少し離れて突入準備を進める数十名の精兵達も好意的な失笑を漏らす。

妹のリリーが同じ歳《とし》だった頃は、もう自分で全てを決めていたものだが。

縁あって一年前より共和国に滞在中の私——リドリー・リンスターは工都《こうと》を象徴する幾本もの四角い塔の影を見つつ、少年へ告げた。

「アーティ、『様』付けは止《や》めてくれ。兵も見ている」

「！　ご、ごめんなさい。でも、『公子殿下』相手に不作法は。父上にもそう……」

確かに『リンスター』は大陸西方の最強国、ウェインライト王国四大公爵家の一角に数えられ、敬称として『殿下』をつけるのが慣例。対外的な格は『公王』扱いとなる。

それは、私の実家である副公爵家にも半ば適用されるが……フード脇の赤髪に触れる。

「アディソン侯にも困ったものだ。私は国を出奔した身。今は単なる剣と菓子の求道者だと、常々主張しているのだがな――で、敵の数と技量、属性は？」

「……そこまでは……すいません………」

途端にアーティは顔を伏せ小さくなった。淡い黒茶色の瞳には涙が滲《にじ》んでいる。

魔法衰退が進む昨今、故国の練達魔法士達と同じ水準を要求するのは酷か。

私は手で外套《がいとう》の埃《ほこり》を払った。剣と鎧《よろい》が音を立てる。

「いや――『目標が確実にいる』という事実だけで十分だ。成長したな」

「！　あ、ありがとうございます」

私の言葉を受けアーティが一転、笑顔になる。……才はあるのだ。

歳を重ねれば良《い》い魔法士に、良い侯爵に、良い国家の統主となるだろう。

「艦長、兵達の士気はどうだろうか？」

近づいてきた男性海軍士官――アディソン侯の信任篤《あつ》きミニエー・ヨンソンに問う。三角帽と青の軍服姿で、腰には片刃の剣と魔短銃を提げている。

「上々です。もう一ヶ所の出口には副官のスナイドルと兵を配置しています。聖霊教の連中だけじゃなく、反アディソン派の傍受もあるんで、おちおち通信宝珠も使えませんが」

「貴殿もオルグレンの叛乱《はんらん》時、多少関係していたと聞くが？」

「命令とあらば、ってやつですよ。……軍法会議から救ってくれた侯爵には感謝してます。また、船に乗りたいですがね」

ララノアでは魔道具製作が盛んであり、一部の技術はウェインライトをも凌《しの》いでいる。弾さえあれば誰でも初級魔法を速射することが可能な魔銃はその最たるものだろう。

が――今この国は真っ二つに割れている。

北方の大国、ユースティン帝国から独立を果たして約百年。

その間、歴代アディソン侯が『光翼党《こうよくとう》』を組織、国家を導いてきたものの……『対ユースティン』を重視し、西部戦線へ戦力を集中させる国家方針に反撥《はんぱつ》した東部軍の一派が、密《ひそ》かに聖霊教と結託。魔銃や魔道具をオルグレン公爵家側に引き渡すだけでなく派兵し、ウェインライトの叛乱貴族を四英海《しえいかい》の小島で殺害してしまったのだ。

事変後、侯爵は東部軍を粛清したが……時既に遅し。

隠匿しようとしたその内実を、対抗勢力である『天地党《てんちとう》』が暴露。

世論と軍も東西に分かれ、今や共和国は内乱一歩手前の状態だ。

……天地党と聖霊教が裏で結託している可能性も非常に高いのだが。

それでも、国が完全に割れることを危惧するアディソン侯としては、軍を大々的に動かせない。かといって、国内の暗部で不気味に動き回る聖霊教使徒達を捨て置けない。

結果——首府に呼び戻されたララノアの英雄と、侯に助力を懇願された私が駆けずり回っている。先日には、使徒第四席の老吸血鬼を老格闘家の協力もあり、討伐した。

——……私は菓子修行の為《ため》にこの地へ来たのだが。

ミニエーが三角帽子を被《かぶ》り直す。

「正直……怪物共とやり合うのは御免被りたいんですが、是非もなし、ってやつです。ま、『剣姫の頭脳』とやり合うよりは幾分マシでしょう」

懐《なつ》かしい異名だ。私が王都を出奔した頃は、従妹《いとこ》殿しかそう呼んでいなかった。

白と紅基調の鎧と鞘《さや》を軽く叩《たた》き苦笑する。

「未来の大陸最高魔法士殿と比べれば、大概の存在はそうなるであろう」

「……四英海で痛感しましたよ。では」

歴戦の海軍士官が準備を進める兵達へ近づいていく。戦意に満ちた背中だ。

私達の会話を黙って聞いていたアーティがおずおずと尋ねてきた。

「リドリーさん……『剣姫の頭脳』とはそれ程の？」

「ああ。何の後ろ盾も持たず、王立学校入学以降、挙げた武勲は数知れず。『剣姫』の急成長も彼と出会ったことによるものだ。昨今の大事件にも関与していると風の噂《うわさ》で聞く」

公爵家に生まれながら魔法をまともに使えず『リンスターの忌《い》み子』とさえ呼ばれた従妹リディヤを救い、当代の『勇者』に認められた新時代の英雄。

魔王戦争に従軍せし『大魔導』ロッド卿《きょう》の目は正しかったのだな。

……当時、言葉にならぬ強い焦《あせ》りを覚え、彼の前で従妹に一騎打ちを挑んだ自分も。

未来の共和国を率いるだろう少年が両手で袖を摑《つか》んだ。

「その御方がいれば……通信宝珠が使えない今の状況も改善出来たのでしょうか？」

「うむ──」

私は続けようとし、口籠った。

工都で買い求めた小さな懐中時計を取り出し時刻を確認。少し時間はある、か。

「アーティ、一つ面白いことを教えてやろう。誰にも話したことはない」

「リドリーさん？」

少年の視線を感じつつ、私は愛剣の柄《つか》に手を置いた。

「『剣姫の頭脳』――狼《おおかみ》族のアレンはな。私が見たところ、魔法の才があったわけでは

ないように思うのだ」

「……え?」

冬の風が吹き、外套をはためかせた。悩める侯子と目を合わせる。

「彼は孤児だ。狼族の両親と血の繋《つな》がりはない。魔法を教える師もいなかった、と聞く。東都獣人街において獣人族に対する差別意識は根強い。その反動だな」

が故国において『異分子』として排他されていたからだ。……恥ずかしい話だが、我

リンスターの諜報《ちょうほう》網をもってしても実の両親は不明。

排他も少しずつ好転していったものの、長《おさ》達は彼を同じ『獣人』と認めていなかった。

王都でリディヤやシェリル・ウェインライト王女殿下、今は亡《な》きゼルベルト・レニエと

出会うまで、彼の味方は義理の両親と義妹、一部の獣人達だけだったのだ。

「アレンが魔法を磨き上げたのは、そんな状況を打破する為だったのだろう。騎士の栄達

は家柄が重視される狭き門。だが、王宮魔法士ならばある程度は実力選抜だ」

「そ、そんな……才無き者が、『竜』や『悪魔』と渡り合えるものなのでしょうか?」

「王都に居た頃、彼の鍛錬を一度だけ見させてもらったことがある」

――リディヤとシェリル王女殿下が戦う王立学校訓練場。

そんな二人を見守る間、彼が行っていたのは普通であり、異様だった。

「内容は基礎的な魔法制御の反復。旧八属性を延々と繰り返すだけ。……何の秘密もない。アレンはそれを毎日欠かさず、信じ難《がた》い回数を積み上げ続けてきたのだ。幾千、幾万、幾億、幾兆、幾京《けい》、幾垓《がい》――他の人々がその生涯を懸けても、到底辿《たど》り着《つ》けない数をな」

「…………」

アーティが絶句し、言葉を喪《うしな》う。

剣士であろうと、魔法士であろうと、基礎訓練の重要性は変わらない。

異なるのは――アレンの行う無限ともいえる回数。人はそれ程自分に強くなれない。

私は目を細め、天の月を眺めた。

今頃、別の廃礼拝堂に向かった盟友も最後の準備をしている頃だろう。

結局……使徒達がこの『月神教』なる宗教の遺跡に拘《こだわ》る理由は分からなかった。

「彼にあったのは魔法の才ではない。あったのは、常人の想像を絶する程に強い『覚悟』だ。……当時の私には理解が及ばず、故に彼と同じ『覚悟』を抱く従妹に敗れた」

首筋に突き付けられた刃の熱さと、爛々《らんらん》と輝く双眸《そうぼう》を思い出す。

『リドリー、あんたは強いわ。今の私よりもずっと。――でもね？　あいつの前で私は負けられないの。負けられないのよっ！　そう……誓ったの。だから、私は負けないわ』

我が従妹殿――『剣姫』リディヤ・リンスターは彼が隣にいる限り誰にも負けまい。

私は拳を握り締め、侯子の心臓に当てた。

「アーティ、覚えて置け。磨かぬ才は積み上げてきた覚悟に劣るのだ。敵に対して『才能がないから助けてください』とは言えぬ――お前がイゾルデを守るのだろう？」

数奇な運命から、侯爵家の屋敷《やしき》で匿《かくま》われている少女の名前を出すと、少年の瞳に強い意志が宿った。アーティが何度も頷《うなず》く。

――イゾルデは何の因果か、天地党党首の娘なのだ。

「リドリーさん、有難《ありがと》うございました！」

「作戦が終わったら、新作の菓子を奢《おご》れ」

小さな懐中時計を最終確認し、懐《ふところ》に仕舞う。

ミニエー達も魔銃を手に持ち、整列を終えた。私はアーティの背中を叩く。

「定刻だ。行くぞ」「はいっ！」

隊を率い、ぼんやりとした古い魔力灯《とう》の下、荘厳《そうごん》な石廊の中を進む。

静音魔法を張り巡らせてはいるが……相手が相手だ。奇襲を受ける可能性もある。

苔生し、所々が崩れている巨大な石柱や天井、壁を眺めアーティが零《こぼ》す。

「こんな場所があったなんて……知りませんでした」

「南都にも似たような場所があった。子供の頃によく遊んだものだ。……停《と》まれ」

先頭を進む私の指示を受け、皆が一斉に立ち止まった。

——左右に外れた石扉。その先には大広場。

ミニエーが剣を引き抜いた。後方の若い男性士官はガチガチに緊張しているようだ。

「侯子、リドリー殿、先陣は俺達《たち》が——音を立てるなよ？」『……はっ』

魔銃兵達が先を進み、ミニエーが後に続く。

探知魔法を使わせたいが、アーティの技量では逆探知されるだけであろう。

石扉が近づいて来た——微小な振動。目標は確かにいる。

ミニエーが静かに手を挙げ、魔力灯下の大広場を剣で指し示す。

魔銃兵達も整然と、石扉の前へ。

——数名の灰色ローブを着た男達とフード付き純白ローブ姿の男が二人。

聖霊教異端審問官達と使徒だ。

「てっ！」

号令一下。数十の魔銃が無数の光弾を吐き出した。威力は光属性初級魔法『光神弾《こうじんだん》』と大して変わらないものの、纏《まと》めて叩きつければ相応のものだ。

閃光《せんこう》と轟音《ごうおん》が大広場を包み込み、砂煙が立ち昇る。

「突入してください！」

アーティが凛《りん》と魔杖《まじょう》を振るい、私達は一団となって突入。

兵達は隊列を維持し、砂煙へ魔弾を更に突きつける。

奇襲に成功したといえど、この程度で倒せる相手ではないが……。

『っ⁉』

周囲の石柱を濁った血の如《ごと》き魔法式が這《は》い回《まわ》り、天井へ。

黒鎖が降り注いで地面を穿《うが》ち。私達が入って来た入り口も閉ざされる。……これは。

「封鎖結界か！」

「御明察です。こうも簡単に、戦力分散の罠《わな》に引っかかってくれるとは思いませんでした。場所も『当たり』であってほしかったですが……高望みは身を滅ぼしますしね」

禍々《まがまが》しい黒風が吹き荒れ、杖《つえ》を持つ痩身《そうしん》の使徒が姿を見せる。

フードを深く被り、顔は分からない。襲撃情報がバレていただと⁉

後方から片刃の短剣を抜き放った異端審問官達と、巨躯《きょく》なもう一人の使徒も現れる。

「撃てっ！！！！」

切迫した声でミニエーが再び号令。

魔弾が速射されるも、灰色の『盾』によって悉《ことごと》く阻《はば》まれる。

ジェラルド・ウェインライトが流失させたという大魔法『光盾《こうじゅん》』の残滓《ざんし》！

「魔銃は私も幾度か試射しましたが……【龍】を容易《たやす》く殺した神代のそれには遠く及ばず。偉大なる聖女様の御力の前では児戯に等しい。そう思いませんか？　イフル」

「言うまでもないことだ、イブシヌル」

巨軀の使徒が外套《がいとう》を手で払い、腰の見事な騎士剣《きしけん》を引き抜き、高く翳《かざ》した。

痩身の使徒も杖を重ねると、空中に黒き水が走り巨大な魔法式を顕現していく。

大広場全体が震える中、アーティは後退《あとずさ》り、悲鳴を挙げた。

「こ、こんな魔力……ひ、人じゃないっ！」

「防御態勢っ！　急げっ‼」『は、はっ！』

ミニエーが鋭く下令し、兵達が懐から次々と巻物を展開し、結界を張り巡らせていく。

痩身の使徒が唇を歪《ゆが》めた。

「五百年前、世界を相手に戦った【魔女】の創りし戦術禁忌魔法『残響亡水《ざんきょうぼうすい》』です。貴方《あなた》達程度で受け切れるものでは――」

最後の言まで聞かず、私は地面スレスレを疾走した。

戦意に合わせ炎が自然発生。空間を圧しながら追随してくる。

「させぬっ！」「異端者めがっ！」「使徒様達の邪魔をするな」

灰色ローブの異端審問官達が『鎖』の魔法を次々と発動。その数、優に数百本。

私を容赦なく拘束しようとしてくるが、石柱へ跳躍して思いっきり蹴り、急降下。

『鎖』を掻《か》い潜《くぐ》り——着地と同時に愛剣を抜き放ち、大きく一閃《いっせん》！

斬撃と続く業火《ごうか》が、空中の魔法陣を消滅させる。

口元を歪めながら着地し、呆気《あっけ》に取《と》られる異端審問官達を炎剣《えんけん》で薙《な》ぎ払《はら》う。

『っ！？！！！』

反応すらさせず胴体を切断。大魔法『蘇生《そせい》』の残滓が炎の中で瞬《また》き、散っていく。

返す刃で痩身の使徒を貫こうとし——悲鳴じみた金属音が大広場全体を包んだ。

巨軀の使徒が騎士剣によって、私の剣を受け止めたのだ。

「ほぉ、良《い》い剣だな」「………」

魔杖が振り下ろされ、痩身の使徒が至近距離から水属性上級魔法『大海水球』を発動。

私は騎士剣を切り払って後退、返す刃で黒水球を叩《たた》き斬る。

炎と黒水とがぶつかり合い大衝撃。炎風で互いのフードが取れ、距離を取り合う。

イブシヌルがフード下の目を細めた。頬には汗が伝っている。

「……『剣聖』リドリー・リンスター。王国を出奔した貴方が、何故《なぜ》この国に？」

炎が勢いを増す中、騎士剣を構え直した巨軀の使徒が私の愛剣を評する。

「魔王戦争後――長命種達にリンスターが打たせた『対魔王用』の炎剣。高名な『真朱《しんしゅ》』以外にも存在する、と聞いていたが……内在魔力は極致魔法を優に超えている」

「銘は『従桜《じゅうおう》』という。良い名であろう？」

会話を交わしながら、後方を見やる。

アーティとミニエーの顔は蒼褪《あおざ》めているが……心は折れていない。

私は目的の為《ため》ならば如何《いか》なる手段、犠牲も厭《いと》わない使徒達へ炎剣を突き付けた。

「レーモン・ディスペンサー伯。そちらは侯国連合のホッシ・ホロント侯――いや」

聖霊教の暗躍に気付いた後、アディソン侯はありとあらゆる努力をされ、情報を収集してきた。一部の使徒の素性や名前は既に割れている。

ますます炎が猛《たけ》り、封鎖結界そのものに飛び火していく。

「今は胡散臭《うさんくさ》い自称『聖女』の使徒、第五席のイブシヌルと第六席のイフル、と言った方が良いか？　七人の使徒の内、既に第四席の老吸血鬼イドリスは先日討伐した。残るは六名。貴殿等《ら》、ララノアの諜報力を少しばかり甘く見過ぎたな」

「「………」」

使徒達は沈黙し、凄《すさ》まじい怒気を放った。

左頰にまるで蛇のような文様が浮かび、魔力を増幅させていく。

——この二人は強い。だが、アーティ達の援護があれば倒せない相手でもない。

「さて、どうする？　私としては降《くだ》ってくれると有難《ありがた》い。目的も知りたい故な。貴殿等も強いが、先日討伐した老吸血鬼には及ばない——……ぬ？」

「リ、リドリー様！　強大な魔力反応ですっ！」

冷静に下位使徒達の実力を見定めていると、空間が軋《きし》んだ。アーティの注意喚起が飛ぶ。

——突然、空間に歪《いびつ》な八つの花弁を持つ黒き花が出現した。

「っ！」『⁉』

ほぼ同時に——私は愛剣で神速の斬撃を受け止め、激しく切り結んだ。

転移してきた相手はフード付きの灰色ローブを纏った茶色の瞳の少女。

手に持つは深紅に染まりし湾曲した片刃の長剣——古《いにしえ》の時代、遥《はる》か極東の国で打たれたという『刀』！

「これ程の長物を悠々と扱うとはなっ」

刃と刃が無数の火花を散らす中、私は賛嘆する。敵ながら恐ろしい剣士だ。

炎剣を大きく縦に振るい、猛火を発生させ刀使いを牽制《けんせい》。

間髪を容《い》れず突撃しようとし——

「えっ⁉」

アーティの動揺を聞きながら、私は大きく背中を後方へ曲げた。

頭上を螺旋《らせん》状の風魔法が込められた長槍《ながやり》が通り抜け、頬を傷つけた。

魔力反応は一切なく、躱《かわ》せたのはリンスターの直感故だ。

窮屈な体勢のまま地面を蹴り、一回転。

時間差で転移してきた灰色ローブの少女のフードを斬り割き、後退させる。

イブシヌルやイフルよりも強い新手の二人を私は睨《にら》みつけた。

「古い御伽噺《おとぎばなし》の中にしか存在しない刀使いに獣人の長槍使い。先程の技は古アトラス王国の？　――水都に現れたという聖女の従者ヴィオラ・ココノエと、使徒でありながら異端審問官の灰色ローブを着ているという、第三席レヴィ・アトラスか！」

私にフードを斬り割かれた槍を持つ使徒は、年若い猫族の少女だった。

短い小麦髪は半ばから白くなり、無感情の瞳だが、奥底には憎悪《ぞうお》が渦を巻いている。

長刀を鞘《さや》へと納め、前傾姿勢を取るヴィオラからは濃密な殺気。……この者が最上位。

イフルとイブシヌルも膨大な数の魔法展開を開始している。

戦局は逆転した。アーティ達だけでも逃がさねば。

炎剣を握り締めると、宝珠が明滅した……むっ！

私は咄嗟《とっさ》に後方へと大きく跳び、侯子達へ怒鳴った。

「全力で魔法障壁をっ！　あいつに手加減を期待するなっ‼」

「え？　リ、リドリー様、そ、それって――」「了解ですっ！」

アーティが戸惑う中、ミニエーは全力で魔法障壁を張り巡らせた。兵達も後へ続く。

――その直後、礼拝堂の天井に光が走り、封鎖結界ごと断ち切られる。

『〜〜〜っ⁉』

私以外の味方が声ならぬ悲鳴をあげ、炎も荒れ狂う中、礼拝堂中央に突き刺さった柱の上に一人の若き騎士が威風堂々降り立った。

輝く金髪と金銀の瞳。信じられない程に整った顔に浮かぶのは不敵な笑み。

純白と蒼《あお》を基調にした鎧《よろい》と金糸で刺繍《ししゅう》されたマントを身に着け、左右の白鞘《しらさや》に収まっているのは旧帝国時代、隆盛を極めた『シキ』の家で打たれた魔双剣。

使徒達が強い警戒感を露《あら》わにするのを確認し、派手な登場をしたララノア共和国の守護神へ私は文句を言う。

「……遅いぞ、アーサー」

「はっはっはっ！　主役は遅れて来るもの、と古来より相場は決まっている。そうだとは思わないか？　我が友よ。向こうは囮《おとり》だったが……取りあえず、全員斬ったぞ‼」

「黙れ。死んだらどうしてくれる。我が剣と菓子の路《みち》、ここで絶やすには惜しいが？」

「死なんさ。何しろ――私がいるからなっ！」

「…………エルナー殿」

私はアーティ達《たち》の前に着地した、短い紫髪で金銀の瞳、小さな眼鏡と白と紫の魔法衣を身につけ、古い杖を持つ美女――アーサーの従妹《いとこ》兼許嫁《いいなずけ》でもある大魔法士の名を呼んだ。

少しだけ困った顔になり、エルナー・ロートリンゲン姫が嘆息する。

「……ごめんなさい。終わった後で折檻《せっかん》しておきます」

「おおうっ⁉　エルナーの折檻はこの私でも恐ろしい。手加減を頼む。――さてと」

アーサーが双剣を抜き放っていく。使徒達は動かない。否《いな》、動けないのだ。

――動けば斬られる。

美しい剣身を煌《きら》めかせ、炎が吹き上げる中、気高き大英雄が名乗りをあげた。

「偽《にせ》聖女の使徒達よ、待たせたなっ！　ララノア共和国が『天剣《てんけん》』アーサー・ロートリンゲンだっ‼　短い付き合いになるだろうが、以後見知りおけ。私が来た以上、貴殿等の悪巧みもここまでだ。ゆくぞっ‼」

# 第1章

少女達が放ちあった雷弾と氷弾は相殺《そうさい》し合って砕け散り、精緻な結界の張り巡らされた、王都リンスター公爵家の庭に魔力光が降り注ぐ。

やや距離を取って体勢を立て直した狼《おおかみ》族の少女——僕の妹であり、王立学校副生徒会長のカレンは不敵に微笑《ほほえ》んだ。機嫌良さそうに灰銀色の尻尾が揺れている。

制帽と冬用制服についた埃《ほこり》を手で払いながら、妹は模擬戦相手の少女の名を呼んだ。

「もう万全みたいね、ステラ！　でも、幾ら兄さんに見てもらえるからって、そんなに張り切らなくても良いのよ？　十日前の王都襲撃事件と大樹の調査で授業が短縮されて、その魔杖《まじょう》にもまだ慣れていないんでしょう？」

カレンと同じ服装で、長い薄蒼の白金髪を空色リボンで結った少女——王国四大公爵家の一角、北方を統《す》べるハワード家長女にして、王立学校生徒会長のステラが訓練用の剣と魔杖を構え直す。

左手に持つ花宝珠の魔杖は美しく、底知れない。

二人とは極々浅く魔力を繋《つな》いでいるので大丈夫だとは思うけど……。

結界外の椅子に座っている僕をステラがちらり。薄蒼髪が冬の陽光で輝いた。

「まだまだこれからよ、カレン！　折角、家庭教師の日じゃない雷曜日に見ていただいているんだもの。全力を見てもらわないとっ！　貴女《あなた》こそ、そろそろアレン様離れした方が良いと思うわ。来年は私達も大学校に進むのだし？」

「私が、兄さんから離れることなんて、ないわよっ！！！！！」

裂帛《れっぱく》の気合と共にカレンは両手に短雷槍を顕現させ、大きく薙いだ。

巨大な雷刃が駆け抜け、『公女殿下』の敬称を持つ少女へ襲い掛かり――

分厚い白蒼の氷壁によって阻《はば》まれた。

今のステラは自信に満《み》ち溢《あふ》れている。

「効かないわっ！」

――本当は二人の模擬戦を見るつもりはなかった。家庭教師は明日の午後からだ。

今日は元々リンスター公爵家メイド見習いのシーダ・スティントンさんに質問する為、屋敷《やしき》を訪ねるつもりだった。

この後はルブフェーラ公爵家の屋敷で開かれる非公式会議にも呼び出されている。

まだ授業のあったティナ達と別れた二人と、空色屋根のカフェで出会ってしまったのが運の尽きだったのかも？　まぁ、可愛《かわい》い妹と教え子から『模擬戦を見て欲しいんです！』なんて言われたら、僕に断る選択肢はない。

魔法生物越しに急な場所貸しの申し出を受けてくれたリサ・リンスター公爵夫人には後で御礼《おれい》を言っておかないと……。

ふと、右手の細い銀腕輪が目に入った。

『ステラをよろしくね？　とっても優しい【鍵】のアレン』

『白黒の天使』こと、百年前の英雄カリーナ・ウェインライト王女殿下の、くすくす笑う声が聞こえたのは気のせいだと思いたい。

つい先日まで――ステラは一部の光属性魔法しか使えない症状に苛《さいな》まれていた。

その症状を治す為とはいえ、得体の知れない封印書庫、そして王宮地下に広がっていた『天使創造』の儀式場へ赴かせた『花竜』といい、封じられていたカリーナといい……常識が利《き》く相手じゃないのは確かだ。この変容した腕輪にも何が込められているのやら。

苦笑していると、妹が身体《からだ》に雷を纏《まと》った――『雷神化』だ。

「いくわよ、ステラっ！」「負けないわ、カレンっ！」

二人の激突で所々結界が綻ぶも、待機してくれているリンスター公爵家のメイドさん達によって即座に埋められていく。見事な手並み！　内心で称賛していると、

「アレン☆　二人共、つよ～い♪」「おっと」

獣耳と尻尾を動かしながら、長い白髪に紫リボンを結んだ幼女――大精霊『雷狐《らいこ》』のアトラが僕の膝に跳び込んで来た。もこもこな外套《がいとう》姿がとても愛らしい。

「おかえり。屋敷の探検は楽しかったかな？」「♪」

アトラは満面の笑みを浮かべ、小さな手を振った。付き添いをしてくれたメイドさん達も嬉《うれ》しそうに振り返してくれる。

「お、お待たせいたしました」「アレン様、お茶をお持ちしました」

輝く茶髪を二つ結びにしているメイド見習いさんと、高貴さを漂わせ、美しい金髪と一度見れば忘れない宝石のような金銀瞳のメイドさんがトレイを持って歩いて来た。

今日、僕が話を聞きにきたシーダ・スティントンさんと、警護を務めてくれているメイド隊第八席のコーデリアさんだ。立ち上がり、頭を下げる。

「シーダさん、無理を言ってすいません。コーデリアさんも結界の構築ありがとうございます。二人が全力で模擬戦を行える場所もそうありませんし、本当に助かります」

「い、いえっ！　そんな……お、御役に立てると良《い》いんですが………」

メイド見習いさんは緊張した面持ちで頭と両手をぶんぶんと振った。

異国のお姫様みたいな美人メイドさんが丸テーブルにトレイを置き、優美な動作で紅茶を淹《い》れ始める。

「御役に立てて光栄でございます。アレン様と御嬢様《おじょうさま》方のお世話は私共の間で大変な人気なので。アレン商会の配属にも手を挙げたのですが、エマ達に阻まれてしまいました。『コーデリアが来ると、フェリシア御嬢様を取られちゃうっ！』と。酷《ひど》い子達です」

「あは、あはは……」

返答に困る。商会付のメイドさん達はうちの番頭さんを甘やかしがちだ。

カレンの長雷槍とステラが訓練用の剣と魔杖に纏わせた氷刃《ひょうじん》がぶつかり合い、結界が震える中、アトラは紅茶を淹れ終えたコーデリアさんの裾を掴《つか》んだ。

「おひめさま、抱っこ♪」

「え？　わ、私はお姫様では……アレン様？」

美人メイドさんがあたふたし、僕へ助けを求めてきた。反応が新鮮で和み、頷《うなず》く。

「で、では、失礼致します、アトラ御嬢様」「♪」

コーデリアさんが優しく幼女を抱きかかえる。瞳にあるのは純粋な慈愛だ。

すると、後方で待機中メイドさん達が賛嘆を漏らした。

「わぁ～」「コーデリア様とアトラ御嬢様……素晴らしい」「……ま、まだだ。まだ、私は艶《たお》れるわけには……」「コーデリア隊長、綺麗《きれい》。アトラ御嬢様、とっても可愛い」

……そうだった。リンスターのメイドさん達ってこういう人達だった。

僕はアトラの頭を撫《な》でているコーデリアさんへお願いする。

「良ければ外庭を見せてあげてください。……此処《ここ》は少しだけ教育に悪いので」

さっき、カフェで魔法式を渡したばかりなのに、雷属性上級魔法『雷帝轟槍《らいていごうそう》』をカレンは複数同時展開。

対するステラも、新光属性上級魔法『光芒瞬閃《こうぼうしゅんせん》』を展開していく。

瞳を輝かせるアトラへ、美人メイドさんはクッキーの小袋を手渡し、気を逸《そ》らした。

やっぱり異国の御姫様なんじゃ？　と勘違いしてしまう程の優雅な会釈《えしゃく》。

「畏《かしこ》まりました。アトラ御嬢様のお世話を再度務めさせていただきます」

「お願いします。アトラ、行っておいで」「うん〜♪」

獣耳幼女は嬉しそうに歌い、星型のクッキーを一枚取り出して僕にくれた。

頭を撫で「ありがとう」と御礼を言い、視線でコーデリアさんを促す。

美人メイドさんが屋敷へ歩いて行くのを見送っていると、大きな衝撃で地面が震えた。

「ひっ」

シーダさんの悲鳴を耳朶《じだ》で受けつつ、僕はクッキーを翳《かざ》り状況を確認した。

——片膝をついた薄蒼髪の公女殿下を無数の雷槍《らいそう》が包囲している。

紫電を散らしながら、カレンが胸を張った。

「ステラ！　もう逃げ場はないわよ？　私の勝ちねっ‼」

「…………」

公女殿下は静かに立ち上がり、折れた訓練用の剣を鞘《さや》へと納める。

白蒼《はくそう》の小さな氷片が舞う中、ステラは一瞬だけ僕へ視線を向け、小さく頷く。

魔杖を回転させ、穂先をカレンへ突き付けると、宝珠は清冽《せいれつ》な光を放ち始めた。

「それはどうかしら？　こう見えて私――王国最高魔法士様の教え子なのよ？」

「私はっ！　兄さんの世界で唯一の妹よっ‼」

妹の反論と同時に雷槍が公女殿下へと降り注ぐ。

「きゃっ！」「おっと」

転びそうになったシーダさんを左手で支え、僕は丸テーブルと椅子へ浮遊魔法を発動。

内庭では、カレンが発動させた魔法の突風が吹き荒れ、視界を急回復させていく。

氷華《ひょうか》が舞い踊り、桁違いの魔力に皮膚がざわついた。成功したみたいだ。

顔を真っ赤にして固まっているメイド見習いの少女に微笑みかける。

「大丈夫ですか？」

「す、すいません……ぅぅ……っ、月神様、こんな時、どうしたらぁ……」

もじもじしながら、シーダさんは紋章を取り出し小さく呟《つぶや》く。

少女を座らせ、僕は上空を見上げた。

清冽な氷風が吹く中、白蒼の双翼を得た天使——ステラ・ハワードがそこにいた。

瞳を大きく見開き、妹が答えに辿《たど》り着《つ》く。

「これって、まさか天使の。リディヤさんやティナと同じ——……兄さぁん？」

剣呑《けんのん》な視線を受け、僕はカップを掲げ盾にする。

「先の事件後、カリーナの用いた魔法式、その極一部の再現に成功してね。ほら？　ステラの体調も復調したし、お祝いが必要かなって」

「だからと言って、誕生日前の可愛い妹に内緒で——」「形勢逆転よ、カレンっ！」

話を遮り、ステラが反撃に転じた。

氷風は今や鋭い刃と化し、狙い違《たが》わず妹を捉え——紫電を残して消える。

「……雷属性の幻影魔法？　こんな魔法見たこと、っ⁉」

咄嗟《とっさ》に背を返し、公女殿下は頭上から叩《たた》きつけられるカレンの十字雷槍を氷属性上級魔法『氷帝雪刃《ひょうていせきじん》』で受け止めた。紫電と氷片が内庭全体に広がっていく。

鍔迫《つばぜ》り合《あ》いをしながら、カレンは犬歯を見せて楽しそうに笑う。

「新魔法を兄さんに創ってもらったのは貴女だけじゃないのよっ！」

「くっ！」

白蒼の天使が弾《はじ》かれて後退し、雷狼《らいろう》の少女は『天風飛跳《てんぷうひちょう》』を発動させて追撃。

僕は模擬戦に見入っているシーダさんへ向き直った。

「当分かかりそうですね。では、お話を聞かせてもらえますか？　――月神教について」

「！　は、はいっ‼　でも、あの……そんなに御役に立てるとは………」

メイド見習いの少女はしゅんとし、顔を伏せた。

紅茶を一口飲み、ソーサーへ置く。

「その『僅か』な情報を是非教えて欲しいんです。王都にいる信徒は貴女だけなので。『月神』とは侯国連合よりも東方、極限られた地域で信奉されている古神。『竜』はその遺いで、始まりは神代とも。教典を持っている方も限られるみたいですね？」

予備のカップに紅茶を注ぎ、シーダさんの前へ。良い香りが鼻孔をくすぐる。

王都にいる智者達《ちしゃたち》もこれ以上の内容は知らなかった。

しかし……各事件で暗躍する『偽《にせ》聖女』の命を受けた聖霊教使徒達の陰には、月神教が見え隠れしている。

使徒首座『賢者』アスター・エーテルフィールド。

使徒次席『黒花《こっか》』イオ・ロックフィールド。

二人とも月神教由来と思われる未知の魔法を使用していた。最早《もはや》捨て置けない。

シーダさんは少し震えながら、紅茶を飲んだ。

「は、はい。大半が口伝で教典の中身も抽象的な絵しかありません。幾度かの大戦争を経て信仰している人達も減り、原本自体は喪《うしな》われたと……。し、信徒の皆さんは、極々普通の方達ばかりで、凄《すご》い魔法を使える人はいないと思います」

ポケットから手帳を取り出し、僕はメモを走らせる。

現在の月神教は衰微しきり、現世に何か影響を及ぼす組織ではない、か。

懐中時計で時刻を確認し、話を続ける。

「リィネに聞いたんですが、教典には雷を纏った狼《おおかみ》が描かれていた、とか？」

「凄く大きな魔法を使われる月神様に付き従う神狼様として描かれていました。……あ！月神様は、世界を救った偉大な大魔法使い様だった、と伝わっています」

「なるほど。では、次にこれを」

偉大な大魔法士、か。視線を落とすと右手薬指の指輪が紅《あか》く光る。……要調査だな。

僕は手帳に『八片の歪《いびつ》な三日月を花に模した紋章』を描き、差し出した。

少女の瞳に恐怖が浮かぶ。

「ア、アレン様……こ、この紋章は…………」

「アトラス侯国の勇将、ロブソン・アトラス将軍が遺《のこ》された『月神教外典《つきがみきょうげてん》』という冊子の表紙に刻まれた紋章です。何か知っていますか？」

胸元から紋章を取り出し、シーダさんはぎゅっと目を瞑《つぶ》り、頭を振る。

「……も、も、申し訳ありません。その紋章を創り出したらしい『背教者』については禁忌とされていて殆《ほとん》ど知らないんです……。この前、王都上空にそれが現れた時も目を瞑ってしまいました……。何時《いっ》もは優しい父が『月神教が今のように衰亡したのはあの男のせいだっ！』と礼拝堂で叫んでいたのを見た事があって……その、怖くて……」

ティナとステラの母親である、今は亡《な》きローザ・ハワード様も水都で同じ意味の言葉を書き残していた。――『師の怨敵は月神教の背教者』。

僕は激戦を続ける妹達を見やり、手帳にメモを走り書きして二頁《ページ》だけ破った。

「すいません。嫌な思いをさせてしまって」

「い、いえっ！　今度、お母さんとお父さんに手紙でそれとなく聞いてみます‼」

先程とは打って変わり、やる気に満ち溢《あふ》れた様子だ。

この子、ちょっとだけティナに似ているな。リィネが気に入っている理由が分かるや。

「お願いします。――決着みたいですね」

懐中時計を仕舞うと、左肩へ黒紅羽の小鳥が降り立ち、消えた。

『とっととルブフェーラの屋敷《やしき》へ来なさい』

聖霊教使徒による王都襲撃事件後、殆ど会えておらず……朝昼晩と寝る前に魔法生物でやり取りをしていても、リディヤ・リンスター公女殿下はとても不機嫌みたいだ。

ステラが普段使っている短杖《たんじょう》を手にし、僕は大氷原と化した内庭へ。

二人は空中と折れた氷柱の上で相対している。

「はぁはぁ……カレン、そろそろ決着をつけましょう?」

荒く息を吐き、薄蒼髪の公女殿下は背中の白蒼翼を大きく広げた。

「そうね、ステラ。勝った方が兄さんと今度買い物へ行く、でどう?」

身体《からだ》に纏《まと》う雷をカレンも更に極大化。

猛《たけ》る狼の顔へと変貌させ、僕の妹が十字雷槍にありったけの魔力を込めていく。

高々と魔杖《まじょう》を掲げた、ステラが心底楽しそうに返答する。

「俄然《がぜん》やる気が出てきたわ。勝っても怒らないでね?」

「負けないもの。妹は兄を守る者。それが世界の理《ことわり》よ?」

「「――……ふふ」」

会話がなくなり、白蒼の天使と雷狼は互いの武器を構え直し、名を呼び合う。

「カレン！」「ステラ！」

「**勝負っ！！！！！**」

足場の折れた氷柱を蹴り飛ばし、カレンが空中のステラへ向けて突撃を開始した。

穂先に複数発動させているのは、貫通力に特化させた雷属性上級魔法『迅雷牙槍《じんらいがそう》』だ。

凄《すさ》まじい雷光が分厚い氷河を叩き割《わ》る。

「させないっ！」

ステラも魔杖を振り下ろし、極致魔法『氷光鷹《ひょうこうよう》』を発動——そして即時転換。

白蒼に煌《きら》めく氷楯《ひょうじゅん》を布陣させ、カレンを真正面から受け止めた。

大衝撃が空間を軋《きし》ませるも、突進が停止する。

「っ！　これくらいでっ‼」

「無駄よっ、カレン！　『蒼楯《そうじゅん》』はアレン様の創られた上級魔法でも貫けないわっ！　今日こそは私の勝ち——……え？　こ、これって、まさか⁉」

魔杖に『蒼剣《そうけん》』を発動させ、最後の一撃を喰《く》らわさんとしたステラが異変を察知した。

——カレンの纏っていた雷の狼が急速に変化し、変貌していく。

世界で知られる極致魔法は全部で八つ。内、僕が実際に見たのは全部で五つ。

王国の誇る四大極致魔法——ハワードの『氷雪狼《ひせつろう》』。リンスターの『火焔鳥《かえんちょう》』。ルブフエーラの『暴風竜』。オルグレンの『雷王虎』。侯国連合に伝承されていた『水牙鯨《すいがげい》』。

これだけあれば、ここ数ヶ月で成長し魔力量を増加させた可愛《かわい》い妹の為《ため》、新極致魔法を編むのはそんなに難しくない。

「悪いわね、ステラ。折角だから教えてあげる。ああ見えて」

カレンの魔力が一段階跳ね上がり、『狼』が神聖さを帯びた深紫の『竜』へと変貌。

『蒼楯』を喰い破って押し始め、魔杖を天高く弾き上げた。

「私の兄さんは妹に凄く甘いのよっ！」「っ！　でも……でも、私だってっ‼」

動揺したステラだったが何とか建て直し、氷楯を強化、防がんとする。

二人の瞳には強い光。互いに『勝てる！』と思っているのだ。

「——はい、そこまで」「「！」」「ふえっ⁉」

僕は短杖を軽く振って、二人の魔法へと介入。全ての魔法を消失させた。

同時に二人と魔杖へ浮遊魔法をかけ、ゆっくりと傍《そば》へ降ろす。

「……にいさぁん？」「……アレン様」

カレンは勿論《もちろん》、ステラも不満気。シーダさんは口をパクパクさせている。

僕は地面に突き刺さり、盛んに宝珠を明滅させる魔杖を手で鎮《しず》め、次いで少女達の帽子

を手で直し、魔力の繋《つな》がりを切った。

「時間切れだよ。ティナ達が帰って来るまでに内庭を元へ戻しておくように。ステラ、短杖ありがとうございました」

顔を見合わせ、渋々といった様子で二人は矛を納める。

「……仕方ないですね」「……分かりました」

「あと、これは今の模擬戦の感想――え、えーっと？　カレン、ステラ？」

先程のメモを差し出すと、二人してジト目。

妹が腕組みをし、僕を詰《なじ》ってくる。

「はぁ……兄さん、今晩お説教です。覚悟しておいてください」

「ハハ……お手柔らかに頼むよ」

明日が誕生日なこともあり、カレンは今晩、下町にある僕の下宿先へ泊まる予定なのだ。

「今晩――……。ア、アレン様」

受け取った短杖を腰に提げ、ステラは左手の指で僕の袖をおずおずと摘まむ。

頬を染め上目遣いで僕を見る白聖女の姿を見て「くぅ……」「嗚呼《ああ》！　聖女様‼」「ステラ御嬢様《おじょうさま》、なんと御可愛らしい」とリンスター家メイド隊内にもいる、ステラの崇拝者さん達は葛藤中。自由だなぁ。

逡巡《しゅんじゅん》するも、公女殿下が願いを口にする。

「あ、あの……わ、私も！　今晩お泊りに……！」

「駄目よ。公女殿下が泊まるような家じゃないわ」

手刀でそれを断ち切り、妹が公女殿下の前に立ち塞がった。

尻尾と獣耳が逆立ち、警戒感を露《あら》わにしている。

「カ、カレン、横暴じゃないっ⁉」「だ・め・な・のっ！」

王国の将来を担《にな》っていくだろう少女達が、人目も気にせず言い争う。

そんな二人の姿に――僕の親友で、今は聖霊教使徒第四席に堕とされたゼルベルト・レニエの姿を思い出し、微《かす》かに胸が痛んだ。

二人から離れた僕はメイド見習いの少女へ御礼《おれい》を告げる。

「シーダさん、有難《ありがと》うございました。大変助かりました」

「！　い、いえっ‼　す、少しでも御役に立てたのなら……」

模擬戦に見入っていたらしい少女は仰々しく答えてくれた。

「アレン♪」

軽やかな駆ける音と共にアトラが僕に抱き着いてきた。

やや離れて、笑顔のコーデリアさんとメイドさん達の姿も見えたので、会釈《えしゃく》。

「おかえり、アトラ。カレンとステラを連れて来てくれるかな？」

「うん♪」

地面に降ろすや、白髪幼女は紫リボンを揺らしながら二人の下へ駆けて行く。

穏やかな気持ちを抱いていると——唐突に思い出した。

王立学校で出会ったばかりの頃のリディヤや、南都で出会った公女殿下でありながら、メイドを志した年上の少女が、心を鎮めたい時に行っていたという場所。

僕は振り返り、メイド見習いの少女へ問いを発した。

「シーダさん。もう一つ。南都に名も無き礼拝堂があるんですが……月神教と関係が？」

「？　は、はいっ！　小さい頃、祈りに行った記憶があります」

小さな、けれど確かな手掛かり。

アトラにスカートの裾を掴《つか》まれて戻って来るカレンとステラへ手を振り、僕はメイド見習いの少女へ事実を伝える。

「今日最大の収穫です。この御礼は必ず。今後とも、リディヤとリィネをよろしく」

「——はい。リンスター公爵家メイド見習いシーダ・スティントン、頑張ります！」

＊

「随分と遅かったわね。『水竜の御遣い』と水都で噂《うわさ》のアレン様？」

エルフ族の男性老執事に案内され、ルブフェーラ公爵家の屋敷内へ立ち入ると、僕とアトラは長い紅髪で剣士服の美少女にすぐ捕まった。腰には魔剣『篝狐《こうこ》』を提げている。

「久しぶり、リディヤ」

「……ふんだ」

この明らかに不機嫌な様子の子の名前はリディヤ・リンスター。

『剣姫』の異名を持つ、リンスター公爵家の長女だ。

僕の相方であり、今は僕達《たち》の同期生でもあるシェリル・ウェインライト王女殿下専属護衛官を務めている。八大精霊の一柱『炎麟《えんりん》』のリアは会議室に置いてきたのかな？

老執事に御礼を言うと、若輩の僕に深々と頭を下げてくれた。……妙に丁寧だ。

若干の疑問を抱きつつ、興味深そうに飾られた絵画や壺《つぼ》を観察中のアトラへ不可視の糸をくっつけると、細い人差し指が僕の頬を突いた。

「で？　今日はいったいどんな道草を食っていたのかしら？　シーダからの聞き取りだけで、こんなに時間はかからないでしょう？」

「用事を済ませた後、何時ものカフェで偶々《たまたま》カレンとステラに会ってさ、模擬戦を見てたんだ。王立学校も、大樹の一件で短縮授業が多いみたいだよ」

「……ふ～ん。さっさと行くわよ」

不満も露わに踵《きびす》を返《かえ》し、リディヤが歩き始めた。

僕は肩を竦《すく》め「アトラ、行くよー」と声をかけ、後を追う。

三階まで階段を登り、豪奢《ごうしゃ》な絨毯《じゅうたん》の敷かれた広い廊下を進んでいると、僕達だけになった。随分と警備の兵が少ない。事件の後処理に人員を取られているのかも？

黙ったまま前を進む少女に恐々《こわごわ》話しかける。

「あ～……えっと、シェリルはもう会議室かな？　君が離れるのは、少しまずい――」

「ここでっ！　忌々《いまいま》しい腹黒王女のっ‼　名前を出してくるんじゃないわよっ‼」

振り返るやいなや、目にも留まらぬ速さで手刀と蹴りが繰り出された。

アトラを浮遊魔法で退避させ、ひょいひょいと躱《かわ》し、後方へと跳ぶ。

「待った。リディヤ、待った。こんな所で暴れるのはまずいって」

「……王宮で軟禁されてる御主人様を一度も助けに来ないなんて、この薄情者っ！　私は何時《いつ》、あんたの教育を間違えたのかしらねぇぇ……」

紅髪を魔力で逆立て、公女殿下が唸《うな》ってくる。

リンスターの屋敷《やしき》ならいざ知らず、この十日間、リディヤは王宮で寝泊まりしていたのだけれど……王女殿下専属調査官に任じられたからといって、忍び込めと？

獣人族の養子で『姓無し』の僕を嫌う貴族は、一連の事件で大きく数を減らしたとはいってもまだまだいる。リディヤとシェリルに迷惑はかけたくない。

目の前の天才少女もそんなことは百も理解している。案外と寂しがり屋なのだ。

「はぁ……まったく、これだから『剣姫』様はっ！」

「ふん……満場一致であんたが悪いのは明白よっ！」

子供のような拗《す》ねた口調。僕よりも少しだけ年上だろうに。

……後で渡そうと思っていたんだけどな。

周囲に誰もいないことを確認し、懐《ふところ》から簡素な小箱を取り出して、頬を小さく膨らましているリディヤへ差し出す。

「はい、これ」

「……何よぉ。今更、機嫌を取ろうとしたって無駄なんだから。私はそんなに安い女じゃないって、あんたが誰よりも知って――……えと、あの……………ア、アレン……？」

文句を言いながらも、素直に小箱を受け取り、中身を確認した紅髪の少女は目を見開き、固まった。

——入っていたのは、淡い紅銀糸で刺繍《ししゅう》された純白のリボン。

十三自由都市出身の男性店主が言うには、遥《はる》か東方で織られた品らしい。

僕は気恥ずかしくなり、目線を窓の外へ移す。

「『リボンを選ぼう』——大礼拝堂前で約束したからさ。事件後は中々会えなかったし……今日来る前にバザールで探してみたんだ。アトラにも手伝ってもらったんだよ？」

「♪」「…………」

ふわふわと浮かぶ幼女が楽しそうに歌う中、リディヤが俯《うつむ》く。耳と首筋は真っ赤だ。

「長い髪の女の子も好きだけど、リボンが似合う女の子も可愛《かわい》いと思うんだ。話したことあったよね？」

小箱を両手で握り締めたまま、リディヤが顔を僕の胸に押し付けてきた。

「……長い髪の女の子が好みだ、っていう話は王立学校の入学試験時に聞いたけど、リボンの話は聞いてないわよ、バカ」

感情に反応し、飛び交い始めた白炎羽《はくえんば》を手で消す。

「そうだっけ？　君には全部話したつもりになってたや」

「………バカ。アレンの大バカ。こういうの、反則、なんだからね？」

小さく小さく呟《つぶや》くと、リディヤは僕から少し離れた。

そして、アトラへ「ありがとう」と優しく頭を撫《な》で、僕へ向き直る。

これ見よがしに右手薬指に触れると、微かな淡い青の光。

――水都の『神域』。そこでごく僅かに得た水の力だ。

「ねぇ、こっちの結び直しは？　面倒事も多いし、必要だと思うけど？？」

僕とリディヤは現在『誓約』の魔法を結んでいて、王都内であったら、お互いの位置を何となく把握出来る。

ただ、神域の水も花も先の事件で使い果たしてしまった。

つまり目の前で、紅の前髪を心底嬉《うれ》しそうに揺らしている公女殿下が望んでいるのは、『魔力をずっと繋《つな》いでおかない？』。

……自分の魔力を全部渡そうとするなんて。僕は何処《どこ》で教育を誤ったんだろう？

アトラを廊下へ降ろし、頭を振る。

「駄目です」

「ケチー」「けちー？」

僕よりほんの少しだけ年上な少女は唇を尖《とが》らせ、白髪幼女も不思議そうに真似《まね》っ子。

教育に悪い！　リアも悪戯《いたずら》っ子にならないよう、ちゃんと戒めておかないと。

——でも。

幼女を抱き上げ踊り始めた紅髪の少女は幸せそうだし、良《い》いかな？

「ふふふ～♪」「！　♪」

『先生はリディヤさんに甘過ぎますっ！』『ティナに全面同意しますっ！』『ア、アレン先生。私とも魔力を……』『あにさまぁ？　リィネをお忘れ——』『次は私だと思います★』

脳裏で、薄蒼《あお》髪の教え子と妹が猛《たけ》り、要求を口に出来るようになった天使なメイドさんは僕の袖を摘み、事件後やさぐれがちな赤髪公女殿下が唇を尖らし、ここ数日姿を見ていない年上メイドさんが両手を合わせる。……そうでもないと思うんだけど。

回るのを止《や》め、幼女へ頰ずりしている少女へ咳払《せきばら》い。

「こほん。リディヤ、会議前にちょっとだけ真面目な話を——」

「アレン～♪」

開いている窓から、シフィンに付き従う白狼《はくろう》のシフォンに乗った長い紅髪の幼女——八大精霊の一柱『炎麟』のリアが跳び込んで来た。いや、ここ三階だよ？

重さを感じさせない動作でシフォンが着地するやいなや、アトラとお揃《そろ》いのもこもこな外套《がいとう》を羽織った幼女は床に降り、胸を張る。

「リア、きたー！」

「――うん、元気だね」

「えへへ～♪」

気を取り直し、頭をやや乱暴に撫で回すと、幼女は花が咲いたかのような笑顔になり、獅子《しし》によく似た丸い獣耳と尻尾を振った。

その後ろではシフォンが伏せ。屋敷中を走り回らされたようだ。

撫でていた手を外すと、リアは周囲を見渡し、

「アトラ！」「リア♪」

白髪幼女と追いかけっこを始めた。

リディヤと顔を見合わせ、くすり。何て平和なんだろう。

僕は膝を曲げ、シェリルの愛狼を労《ねぎら》う。

「シフォン、お疲れ様」

大きな尻尾をゆっくりと振り、『慣れています』と小さく鳴いた。

同期生の小さい頃を想像していると、はしゃいでいた幼女達が近づいてきた。

「アレン、リディヤ！」「♪」

「うん？　手を繋げばいいのかな？」「アトラ？」

僕はリアと。リディヤはアトラと。

「♪」

「……リディヤ」「し、しょうがないわね。ほら」

幼女達の無言の要求に従う。

——……今まで、何度も繋いできた筈《はず》なのに。

「え、えっと……」「あぅ……」

僕とリディヤは妙に照れてしまい、互いに俯く。

「仲良しー！」「なかよしー♪」

そんな僕達を見て、幼女達はとてもとても嬉しそうだ。

え、えーっと……こういう時はどう反応すれば。

「あらあら、まぁまぁまぁ☆」「……こふっ。な、なんと……御可愛らしい………」

僕の考えは、廊下を歩いて来たメイドさんの声によって断ち切られた。

栗《くり》茶髪で細身、状況を面白がっているのが、リンスター公爵家メイド長のアンナさん。

美しい黒の短髪と褐色肌で眼鏡をかけているのが副メイド長のロミーさんだ。……頰が赤いし、体調も悪そうだけど大丈夫かな？

俯きながらも手を放そうとしないリディヤを確認し、メイドさん達へ挨拶する。

「警備の応援、御苦労様です」

「うふふ♪　アレン様も」「――……メイドでございますので」

アンナさんはニコニコ顔で、ロミーさんも生真面目な顔になった。気のせいかな？

そうこうしている間にも、栗茶髪のメイド長さんが何時にもまして笑みを深めていく。

「えっと、アンナさん？　何かありましたか？」

「いえいえ〜。ただ、まるで――」

「まるで？」「？」

ようやく我に返ったリディヤと一緒に小首を傾《かし》げて答えを待つ。

アンナさんは両手を合わせ、にっこり。

「未来の御姿だな、と思っただけでございます♪」

……大袈裟《おおげさ》な。アトラもリアも、僕とリディヤと手を繋ぐのが好きな子達《たち》だし、そんなに珍しいことじゃない。四人で、というのは初めてかもしれないけれど。

「普段からこんな感じですよ。だよね？　リディヤ――リディヤ？」

隣をみやると、リディヤは顔だけでなく、全身を真っ赤にさせ、完全に硬直していた。

僕とアトラから手を離し、フラフラと窓へ頭をつける。

「……わ、私達の未来って……その……そ、そういうこと、よね？　私は三人兄妹《きょうだい》だったけど、リリー達もいたしもっと子供は多くても……だけど、アレンは絶対良い父親になるし、子供達も懐《なつ》いて、私との時間が今みたいに減るかも？　……そんなのは駄目よ、許されないわ。で、でも、望まれたら……」

「え、えーっと……？」

完全に自分の世界へ入り込んでしまった公女殿下に、僕は頬を掻くしかない。

そろそろ会議室へ行かないと——ゾワリ、と背筋に凄《すさ》まじい震えが走った。

「……リ〜ディ〜ヤ〜……ア〜レ〜ン〜……」

屋敷《やしき》全体を震わせながら、長く美しい金髪と白基調のドレスが印象的な美少女——シェリル・ウェインライト王女殿下が、猛然とした勢いで突撃してくる。

「……うわ」「——……ちっ。これだから、勘の良い腹黒王女は」

僕が慄《おのの》く中、リディヤは舌打ちをした。

一切動じていないメイド長さんと、早くも「御嬢様《おじょうさま》は此方《こちら》へ」と幼女達を背中へ隠す副メイド長さんへお願いする。

「アンナさん、ロミーさん、会議の間、アトラとリアをお願い出来ますか？　僕達は怒れる王女殿下を鎮《しず》めないといけないみたいなので。シフォン、手伝っておくれ」

＊

「まったくもうっ！　私だけ会議室に残していくなんてっ！　……アレンも同罪よっ！　リディヤが何て言って部屋を出たと思っているの？　『ちょっと忘れ物をしたわ』よ!?　嘘《うそ》を吐《つ》いて抜け駆けするなんてぇぇぇ!!」

豪奢《ごうしゃ》な会議室に戻ってもなお、怒りの収まらないシェリルが腕を組みそっぽを向いた。長く美しい金髪が拍子で靡《なび》く。シフォンにアトラ達の子守を頼むべきじゃなかったかも。

奥の椅子で打ち合わせをされていた偉い方々——蒼と紅の軍服姿のワルター・ハワード、リアム・リンスター両公爵殿下と、白の魔法衣を身につけられ、目の下に隈《くま》が出来ているエルフ族の王立学校長『大魔導』ロッド卿《きょう》が僕へ視線で要求してくる。

『どうにかせよ』

「アレン、頑張りなさい」「うむっ！　男の甲斐性《かいしょう》ぞ」

窓際《まどぎわ》のソファーに腰かけられ、紅茶を飲まれている二人の美女——紅の軍装姿の先代『剣姫』リサ・リンスター公爵夫人と、淡い翠《みどり》の軍装姿の『翠風《すいふう》』レティシア・ルブフェーラ先々代公爵殿下は楽しそうだ。カーテン越しの陽光で紅髪と淡い翡翠《ひすい》髪が煌《きら》めく。

あと室内にいるのは、警護役のハワード公爵家執事長『深淵《しんえん》』グラハム・ウォーカーさんだけ。リュカ・リンスター副公爵殿下と、『微笑《ほほえ》み姫』フィアーヌ・リンスター副公爵夫人がいないのはどうしてだろう？　違和感を覚えるも、金髪の同期生を宥《なだ》めにかかる。

「シェリル王女殿下、落ち着いてください」

「王女殿下禁止！　『ごめんよ。今度からは君の事を最優先に』むぎゅ」

細い手が伸びてきて、シェリルの頬を摘まんだ。

小箱をアンナさんへ託した紅髪の公女殿下が肩を竦《すく》める。

「我《わ》が儘《まま》な王女様ね。私は嘘なんか言っていないでしょう？」

「なっ!?　この期《ご》に及んで——」「はい、『忘れ物』」

荒ぶるシェリルに対し、リディヤは僕の背中に回り込むや、顔だけを覗《のぞ》かせた。

ポカン、とした後、金髪の王女殿下は殊更ゆっくりと立ち上がり、美しく微笑む。

「——……リディヤ、やっぱり、貴女《あなた》とは一度話し合う必要がありそうね？」

「残念だけど、私にはないわ。だって、もう勝負はついてしまっているし？」

「⁉　な、何？　何なのっ？　今朝まで萎《しお》れた花みたいだったじゃないっ⁉　い、幾らアレンと直接会えたからって、どうしてここまでの急回復をっ」

「フフフ♪　どうしてかしらね～？」

「くぅ～！　この、このっ‼」

リディヤを捕まえようとシェリルが手を出す前に、ワルター様が左手を掲げられた。

「定刻のようだ。一人おらぬ者もいるが始めるとしよう。アレン、座ってくれ。この場にて儀礼は不要。『非公式』な情報共有の場だ」

「ありがとうございます」

平然と許可を貰《もら》ってしまったけれど……王国内で依然として虐《しいた》げられる獣人族、しかもその養子で『姓無し』の僕が、公爵殿下や英雄様の参加する会議に席を持つ。

何とも言えない気持ちに僕がなっていると、シェリルが可愛《かわい》らしい咳払い。

「こほん――アレン、私の隣に」「当然、私の隣」

「アレン」「こっちへ来よ」

リサさんとレティ様が穏やかな口調で僕を呼ばれ、ソファーを手で叩《たた》かれた。

御二人の間に座れ、と。

……断りたい。でも相手は天下の『血塗《ちまみ》れ姫』と『翠風』。

僕は抵抗を諦め、大人しくソファーに腰かけた。

「なっ⁉」

リディヤとシェリルは口をパクパクさせた後「「…………」」二人して着席。怖い。

ふっ、と息を吐かれ、ワルター様はリアム様と視線を合わせ頷《うなず》かれる。

「ではまず、現在の各国情勢について――」

「やぁやぁ、皆お揃いなようだね。可愛い生徒達の仲裁をしていたらこんな時間になってしまった。許してほしい。おや、アレン。元気にしていたかい？」

言い終えられる前に会議室入り口の扉が大きく開いた。

「……教授」

思わず額を指で押してしまう。膝に重さ――黒猫姿の使い魔、アンコさんだ。

予想通り遅刻して来たのは、僕とリディヤの大学校の恩師であり、王国最凶魔法士として国内外に知られる教授だった。見慣れた帽子に眼鏡、コート姿。所々煤《すす》けているものの、誰もそのことについては尋ねない。日頃の行いは大事だ。

学校長が冷たく詰問《きつもん》される。

「若造、ちと怠慢が過ぎるのではないか？　この会合は重要でないとでも？」

「御老体、世にはままならぬ話もあるのです。加えて、現在の僕は無官の身。あくまでも大学校で生徒を導く立場であることを思い出していただきたい」

普段通りのやり取り。リディヤを見やるも反応はなく、シェリルとひそひそ話を始めた。

……可愛い後輩達絡《がら》みかもしれないのに。

リサさんに紅茶を、レティ様にお茶菓子を取り分けてもらい恐縮していると、顎鬚《あごひげ》に触れられながらワルター様が重々しく話を再開された。

「ようやく皆揃《そろ》ったな。まず、私の方から。王都のゴタゴタは収まりつつあるが……今度は西方で魔王軍絡みの動きがあった。レオは西都へと戻り、陛下も王宮にて各大臣達と協議を行われている。ジョン王子殿下は機密資料の捜索。王宮魔法士筆頭ゲルハルト・ガードナーは、『黒花《こっか》』による、王都西方郊外でのクロム、ガードナー両侯爵の暗殺と、封印書庫等諸々《もろもろ》の戦後処理を理由に欠席。現時点で両侯爵が持っていただろう機密資料は何一つとして見つかっていない。使徒が持ち去ったのか、両人達が廃棄したのかも不明だ」

王国建国時からの古い役職【記録者】を務めていた両侯爵の暗殺は情報面で大打撃だ。聖霊教を操る偽聖女《にせ》が王都を使徒達に襲撃させたのは『囮《おとり》』だった可能性すらある。

隣の学校長が後に続かれた。

「先に戦場となった王都西部の大聖堂はウェインライト王家の聖剣――『蒼薔薇《あおばら》の剣』を中心に、水都のそれと同じく『神域』と化した。アレンとステラ嬢には、近日中に探査を頼みたい。封印書庫を閉ざした大樹に実害があるとは思えぬが念《ねん》の為《ため》、調査を継続中だ」

右手首の天使が変えた腕輪を見やる。カリーナとの約束は果たさないと。

リアム様が机を指で叩かれた。

「侯国連合との講和に続き、ユースティンとの講和も内々で成立した。滞在中のヤナ皇女には申しわけないが、王都はこの状況だ。正式調印は先となるだろう。残るは、オルグレンの乱の際、魔銃や魔道具を叛乱《はんらん》軍に供与し、王国貴族の一部を害したラノアとの交渉だが……停滞している。あちらも内乱間際《まぎわ》のようだ」

——ラノア共和国。

約百年前に光属性極致魔法を操るアディソン侯に率いられ、ユースティン帝国から独立を果たした若い国だ。

建国の経緯もあり、西部戦線で帝国軍との小競《こぜ》り合《あ》いは絶えず。

王国とは、王都東北部に位置する大陸最大の塩湖『四英海《しえいかい》』を挟んで対峙《たいじ》している。

「教授、後は任せる。必要以上の脱線はしてくれるなよ？　リアムも私も数日後には王都を発《た》つ。無駄な時間はない」

最後にワルター様が釘《くぎ》を刺された。

ルブフェーラ、ハワード、リンスターの三公爵殿下が本拠地に戻られる。

即《すなわ》ち——ステラの『天使化』そして『悪魔化』に備えての、王都へ戦力を集中させる緊急措置は解除された。

良かった……本当に良かった。

意図的に『ララノア』について深く考えないようにしていると、教授が指を弾く。

会議室内に光が走り、大陸地図が映し出された。

先程までなかった黒い指示棒で、教授が大陸西方の各国を指していく。

「では端的に——聖霊教使徒による王都襲撃事件は、既に各国へも伝わったようだ。北方のユースティン帝国。南方の侯国連合、南方島嶼諸国《なんぽうとうしょしょこく》は強い脅威を覚えている。逆にララノア共和国を含む東方諸国家は沈黙。聖霊騎士団領は言わずもがなだ」

「オルグレンの愚公子共を操っての介入以降、彼奴等《きゃつら》は闇の中で蠢《うごめ》いていたが」

「その段階は過ぎ去った、ということでしょうね。今後の戦いは激しくなるわ」

レティ様とリサさんが深刻そうに零《こぼ》される。

今まで聖霊教の使徒達《たち》は決定的な場面を除き、戦場に姿を現すことはなかった。

——が、先日の襲撃事件では、使徒首座が白昼堂々その姿を晒《さら》したのだ。

リアム様が呻《うめ》かれる。

「我等も一連の戦いで相応に疲弊した。……東方諸国家を糾合されると厄介だな」

「個々の戦場で幾ら勝っても無駄なのだ。アレンの分析を貴様も読んだのだろう？　使徒と異端審問官、聖霊騎士達を差配する『聖女』は、一連の事件において全ての目的を達成したという。……オルグレンの公子達や貴族守旧派、獣人族内の裏切り者、ユースティン帝国、侯国連合、我等の行動すらも利用してなっ」

親友の見解に対し、薄蒼髪《あお》の『軍神』様は不愉快そうに吐き捨てられた。

――戦術的勝利の裏での小さな戦略的敗北。

偽聖女は常にそれを僕達に押し付けてきている。

重い空気を振り払うかのように、教授が大袈裟《おおげさ》な動作で両手を広げた。

「さて、お歴々方にここで問題だ。我等が王国は今後どうするのが最善なのか？」

指示棒はまず王都から東へ。オルグレン公爵領を越え――止まる。

「一連の事件で受けた打撃を無視し、東方の聖霊騎士団領へ大規模侵攻をかけるか？　いやいや……各戦場で勝ちを拾えても、戦争自体は泥沼化するだろう。規模こそ劣れど、五百年前の『大陸戦争』の再来となってしまう。そうなった際、得をするのは？　アレン」

……最初から巻き込むつもりだったな。

視線が集中するのを自覚しつつ、私見を述べる。

「血河《けつが》以西の魔族でしょうね。『流星のアレン』と刃を交えた『魔王』が今も生きているのなら、大戦争で疲弊した人族に勝ち目は薄いと思います」

「……二度とやり合いたくはない」「……二百年程度で死ぬとも思えぬ」

かつて、狼《おおかみ》族の大英雄『流星』と共に戦場を疾駆したレティ様と、魔王戦争を生き抜いた学校長は顔を歪《ゆが》ませた。結局のところ、西方の血河で魔王軍と二百年に亘《わた》り対峙し続けている王国は、他国と全面戦争を行い難《にく》い。

教授の指示棒が更に動き、聖霊騎士団領から北東へ。

小国家群だらけの中でも、一際《ひときわ》小さな国へと止まる――『教皇領』。

「では、教皇庁の奥の院に潜み、聖霊教の自称『聖女』を討つか？」

「無理ですね」「無理ね」

僕とリディヤは間髪を容《い》れずに答えていた。

使徒達に席次が存在することは、今までの交戦で分かっているが、下位使徒ですら平然と禁忌魔法を放ってきた。まして、上位ともなれば。

教授が帽子を深く被《かぶ》り直す。

「先の事件で、僕と御老体、グラハムとリィネ嬢は使徒首座『賢者』アスター・エーテルフィールドの『形代』と交戦した。底は見えなかったよ」

『……………』

室内に寒々とした空気が流れる。

教授と学校長は言わずと知れた王国屈指の大魔法士。グラハム・ウォーカーは『深淵《しんえん》』の異名を持つ歴戦の強者。リィネだってリンスターの象徴たる『火焔鳥《かえんちょう》』を使いこなす。

――その四人を、本体ではなく遠隔操作の氷象でアスターは抑え込んだ。

空間に自動で使徒の名前が並び、教授は指示棒でそれらを指していく。

「様々な情報から使徒の数は七名だと判明している。そこに、アレンとリディヤ嬢が水都で交戦した、魔王戦争、血河の決戦において戦死したと伝わる『三日月』を名乗る吸血姫アリシア・コールフィールド。『串刺し』老ロンドイロ侯の左腕を斬った、謎の剣士ヴィオラ・ココノエが加わる」

「リディヤとレティが水都で交戦した相手ね」「相当な腕だと聞いた」

リサ様とリアム様が深い憂慮と疑念を示される。

『剣姫』『翠風《すいふう》』と互角に渡り合う、異国の長剣持つ女性剣士。

そんな謎の人物が表舞台に一切出て来ず、今の大陸内に存在し得るのか。

僕の知る限り、リサさん、フィアーヌ様、レティ様を除き『リディヤを剣技の面で超えていたのは』、リリーさんの兄上『剣聖』リドリー・リンスター子殿下のみだ。

教授が使徒第四席を差し示す。

「つい先だって、ララノアの英雄『天剣《てんけん》』と我が国を出奔して久しい『剣聖』リドリー・リンスターが、使徒第四席の老吸血鬼イドリスを討ったらしい。……が」

眼鏡の奥に強い悔恨が見え、僕はこの後の言葉に身構える。リディヤとシェリルが酷《ひど》く心配そうなのが視線ではっきりと分かった。

「彼等は王国の英雄、四翼の悪魔を安んじし半吸血鬼レニエ伯爵の遺骸を手に入れた。大魔法の残滓《ざんし》、人造吸血鬼を用いた魔導兵、半妖精族の秘呪である筈《はず》の大規模転移魔法も実戦に投入してきている。決して侮《あなど》ることなど出来ない」

使徒第四席の場所に名前が表示される。

──ゼルベルト・レニエ。

『ララノアで待っている』

大聖堂で親友に告げられた言葉が蘇《よみがえ》り、心臓が激しく軋《きし》んだ。

左肩にアンコさんが飛び乗り、身体《からだ》を擦り寄せてくれた。……ありがとうございます。

教授が他の使徒を指揮棒で叩《たた》いた。

第五席『レーモン・ディスペンサー元王国伯爵』。使徒名はイブシヌル。

第六席『ホッシ・ホロント元侯国連合侯爵』。使徒名はイフル。

「ステラ嬢が北方ロストイで交戦した、使徒末席イーディスの言によると――偽聖女は真なる『蘇生《そせい》』の復活によって死を根絶せしめ、差別無き世界を創ろうとしている。アスターもまた、『醜き人の世を終わらす』と。大魔法等《など》の回収もその一環なんだろう」

「はんっ」

レティ様が鼻で嗤《わら》われた。翡翠《ひすい》色の風が吹く。

――怒っておられるのだ。

「到底信じられぬな。所詮は人が使うのだ。死を無きものになぞ、神であっても不可能な話であろう。……アリシアの件も私は信じてなぞおらぬ。彼奴は偽者《にせもの》ぞっ！」

『流星』と『三日月』を知り、生き残った『彗星《すいせい》』としての断言は重い。

でも――それじゃあの吸血姫は誰なんだ？

昔のことを語る内容に嘘《うそ》はなさそうだった。一部、偽聖女の言と違っていたけれど。

……駄目だ、情報が足りない。

僕は席を立ち、背筋を伸ばした。

「今、最優先で為《な》すこと、そして調べるべきことは」

アンコさんを乗せたまま真っすぐ前を向いて歩き、中央へ。

室内の人々が集中するのを感じつつ、提案する。

「ユースティン帝国、侯国連合――加えてラノア共和国との連携、可能ならば大同盟だと考えます。『月神教』『フィールド及びハートの家系』『天使創造の儀式場』の徹底的な調査も必要です。これらは、偽聖女とアスターの目的と密接に絡《から》み合っています。また、『月神教の背教者』を追っていた半妖精族の伝説的な魔法士『花天《かてん》』と――」

僕は静かに話を聞かれているワルター・ハワード公爵殿下を見つめた。

「その弟子である、ローザ・エーテルハート様についても」

太陽が陰り、室内が暗くなる。ワルター様は両手を机の上で組まれた。

やがて――大きく息を吐かれ、室内全体を見渡される。反対意見はない。

ハワード公が不敵な表情になられる。

「教授、ロッド、内容を纏《まと》め、陛下と西都のレオ、東都の公爵代理ギル・オルグレンへ意見書を頼む。……大陸西方の三列強同盟。面白いではないか！」

「侯国連合については難しくあるまい。彼等は聖霊教使徒の恐ろしさを体験している。しかも、発案者は『水竜の御遣い様』だからな。交渉も短時間で済む」

「！　リ、リアム様、僕はそんな大層な称号は……その」

赤髪の公爵殿下におずおずと反論するも、ニヤニヤするばかり。

……そうだった、この人、リチャード、リディヤ、リィネのお父さんなんだよな。

教授が頭をわざとらしく振る。

「僕はこの後、グラハムと一緒にユースティンの皇都へ行くんだよ？　講和条件は定まったとはいえ、北方シキの地を押し付けられた。……相手は老練なんだけどな」

「若い者は東奔西走するものだ。馬車馬の如《ごと》く働け。お前が王都に残り、状況に狼狽《ろうばい》している諸大臣と、権益保持だけを考えている木っ端《こっぱ》貴族共の相手をしてくれるのか？」

ロッド卿《きょう》がここぞとばかりに揶揄《やゆ》する。

何もない空間から教授は紙とペンを取り出し、魔法で書面を書き上げていく。何時《いつ》見ても、便利そうでいいな。魔力消費がとんでもないけど。

「御免被りますな。……王立学校はまとまった休校にしてしまえばよろしいのでは？　生徒達には申し訳ないですが、その分は冬季休暇を削って調整するのは如何《いかが》？」

「――……ふむ。その手が」

学校長が真剣に考え込み始めた。もしそうなるなら、ティナ達の授業どうしよう。週の前半は商会に顔を出さないといけないし……一日だけある休日を潰せば増やせるけど。

ワルター様が手を叩かれた。

「皆、御苦労だった。各々《おのおの》最善を尽くそうではないか。……アレン、すまぬが少しだけ残ってくれぬか？　話しておきたいことがある」

会議後、妙に素直なシェリルとリディヤを王宮へ送り返した僕は、会議室でワルター様とグラハムさんに相対していた。ただならぬ緊張感だ。

他国ならば『公王』として扱われる、ハワード公が僕に対し深々と頭を下げられる。

「まず、改めて礼を言わせてくれ――ステラを救ってくれたこと、感謝する。心から……心から感謝するっ。貴殿がいてくれなければ私は……私は、この手で我が娘をっ……………」

大きな肩を震わせ、嗚咽《おえつ》を漏らされる。

ティナの家庭教師として北都へ赴いた際もそうだった。

この御方は不器用だ。でも――心の底から自分の娘達《たち》を愛している。

同時に『ハワード公爵』として、王国の為《ため》、そこに生きる民の為……悲痛な覚悟を決められてもいた。右腕の細い腕輪にそっと触れ、優しい天使に感謝する。

「ワルター様、御顔を上げてください。ステラはもう心配いりません。時に『聖女』と崇《あが》められ、時に羽で空を飛び『天使』と呼ばれるかもしれませんが」

「……それはそれで心労が重なりそうだな。お手柔らかに頼む。無論、ティナもな」

ゆっくりと顔を上げられ、公爵殿下は困ったようにお笑いになった。

長女は極致魔法『氷光鷹《ひょうこうよう》』と秘伝『蒼剣《そうけん》』『蒼楯《そうじゅん》』。飛翔《ひしょう》能力に凄《すさ》まじい治癒魔法。

次女は極致魔法『氷雪狼《ひせつろう》』。魔法の成長著しく、大精霊『氷鶴《ひょうかく》』をその身に宿す。

数ヶ月前と状況は一変し、ハワード姉妹の前途は洋々だ。

二人は必ず僕を超える。

だからこそ……『氷鶴』の解放方法と、聖霊教に狙われる危険性をどうにかしないと。

控えていた老執事長に向き直る。

「グラハムさん、御報告した通り……エリーの母上、ミリー様は生存されている可能性があります。封印書庫の制御式に、ルミル・ウォーカーさんの遺書が残されていました」

沈着冷静を以《もっ》てなり、アスターの形代すらも圧倒したという『深淵』の表情に強い動揺が滲《にじ》み出《で》る。

「……報告書は読みましたが…………アレン様、真《まこと》なのでしょうか？　俄《にわ》かには」

「それを解く為にも、ローザ様が『コールハート伯爵の養女』になる以前、『花天』としていた旅を僕等《ら》は知る必要があります。封印書庫に遺《のこ》されたルミル様の魔法にはローザ様の式が使われていました。十日熱病の事件にローザ様も協力されていた可能性がある以上、再調査は必要です。……養子縁組を黙認したウェインライト王家への申し出も含めて」

北都でワルター様より告げられ、未《ま》だステラとティナへ伝えていない疑惑——

『ローザ・ハワード様が何者かによって呪殺された可能性』

ずっと調査は続けてきたけれど、尻尾に指が触れているのかもしれない。

窓の外は雨になっている。泊まりに来る、と言っていたカレンは大丈夫だろうか。

瞳に決意を漲《みなぎ》らせ、不敗の名将と老執事長が答えを出す。

「……分かった。面倒な政治向きな話は私が責任を持って片付けよう」

「……『ウォーカー』も、全力にて、再調査を行う所存でございます」

「お願いします」

頭を下げ、入り口へ向かう。まずはアトラを引き取らないと。

「アレン」

呼び止められ、振り返る。

ワルター様は厳《いか》めしい顔をされていた。

「陛下より御伝言だ。『水都及び王都の神域を狼《おおかみ》族のアレンへ与える』『シェリル付調査官の地位も正式に保障する』」

！　し、神域を僕に、だってて⁉

調査官の地位も正式に保障……シェリルとリディヤはこれを知ってて！

「事件後に君が強く求めていた『カリーナ・ウェインライトの髪飾りと銀狼《ぎんろう》の遺骨を王都**神域に安んじること**』もだ。私、リアム、レオ、病に伏すギド・オルグレンもサインをした。……ラノノアが想像以上に荒れている。近日中に使者を派遣する予定なのだが、陛下は、君に随行をお願いしたいと仰《おっしゃ》られていた」

「ラノノア、にですか。……分かりました」

願ったり叶《かな》ったりだ。彼の地には行かなきゃならなかった。

──親友を、ゼルベルト・レニエの明けない夜を終わらす為に。

「それと、だ──」「敢《あ》えて、言っておかなくてはなりますまい」

御二人が両肩を摑《つか》んできた。ほ、骨が……骨が軋んでるっ！

「分かっているとは思うが……ステラもティナもまだまだ幼い身。く・れ・ぐ・れ、もっ、そのことを忘れないでくれ、ん？」

「エリーも同様でございます」

「──……はい」

愛娘《まなむすめ》と孫娘を想《おも》う『北狼』と『深淵《しんえん》』は怖い。下手すると『竜』よりも。

＊

ルブフェーラの屋敷《やしき》を出た僕は、まず市場で食材の買い物を済ませた。

今夜は妹のカレンが泊まるし、リディヤも来ているようなので気持ち多めだ。屋敷を素直に出ていったから『何かある』とは思っていたんだよな。

左手に紙袋、右手に傘を持ち、ロミーさんが貸してくれた雨具姿のアトラと一緒に、魔力灯《とう》でぼんやり滲む王都下町の通りを進む。

尻尾も考慮されている雨具を見ると……相当前から準備を？　いや、まさかな。

下町は先の襲撃事件でも殆《ほとん》ど被害はなく、王都へ出て来た時と変わらない雑然とした街並みが続く。

やがて、内庭に佇《たたず》む目印の大木が見えてきた——僕の下宿先だ。灯《あか》りも点《つ》いている。

傘を畳んで立て掛け、玄関のドアノブを回すと開いていた。やっぱりか。

中へ入ると、きちんと並べられた靴が二足と小さな靴が一足。うちは、東都獣人族の習慣で靴を脱ぐ。

一先《ひとま》ず、「ただいまー」と一声かけ、アトラの雨具を脱がして、台上に置かれていた白布で髪を拭いていると——。

「アレン！　アトラ！」「おっと」「！」

丸い獣耳と尻尾を揺らし、紅髪のリアが奥から駆けてきて、僕に飛びついてきた。小さな紅《あか》い小鳥の描かれたエプロンと室内履きが可愛《かわい》らしい。

鼻孔をくすぐるのは肉を焼く良《い》い香り。先に夕食を作ってくれているようだ。

「リア、美味《おい》しい夕食を作ってくれてるのかな？」

「うん！　リディヤとカレンもいっしょ‼」

「そっか。ありがとう」「♪」「……アレン、アトラも」

心底嬉《うれ》しそうなリアを見て、アトラは僕の裾を引っ張った。エプロンを着たいらしい。

幼女達に引っ張られ、家の中へ。

炎の魔石を使った暖房で温められたキッチンでは、少女達が並んで料理をしていた。

二人共私服で、色違いのスカートにセーター、エプロンまでお揃《そろ》いだ。

「リディヤ、カレン」

声をかけるとまず、後ろで髪を紐《ひも》で結ったリディヤが手を止めた。

「あら？　思ったよりも早かったじゃない。もう少しだから待ってなさい」

隅に黒猫の描かれたエプロンをつけ、淡い紅色のセーターと白のスカート姿の公女殿下は、さも当然のように調理を再開した。分厚い肉を焼いているようだ。

次いで、隅に白猫の描かれたエプロンと、淡い紫色のセーターに灰色のスカートを合わせたカレンも振り返る。こちらはスープ作りの真っ最中《まさいちゅう》だ。

「おかえりなさい。だけど、兄さぁん……」

「カレン、僕も聞いてないよ。ルブフェーラの屋敷でも何も言ってなかったしね」

魔法生物のやり取りが増加傾向にあったことは秘密だ。基本的に、リディヤは僕と離れて行動するのを好まない。

フォークで肉をひっくり返した公女殿下が、会話に加わってくる。

「護衛官だって休暇は取るわよ。私が何日連続で王宮に泊まっていたと思うわけ？」

「だ、だからってっ！　わざわざ兄さんの下宿先へ泊まりに――」

妹のスカートを丸い獣耳をぺったんこにした紅髪の幼女が摑んだ。

上目遣いをしたその瞳には涙が滲んでいる。

「……カレン、リディヤとリアが一緒、やっ？」

「っ！」

妹はあからさまに動揺した後、膝を曲げてリアを抱きしめる。

「――そんなことはないわ。嬉しいわ、とっても」

「やったー♪」

「はぁ……仕方ないですね」

落着したらしい。カレンはとっても優しい子なのだ。

……妙に上手《うま》い口笛を吹いている公女殿下の策謀に嵌《はま》ったのかもしれないけど。

僕は外套《がいとう》を椅子にかけ、白髪幼女に話しかける。

「さ、アトラ、手を洗おうか？　その後でエプロンも着けようね」「♪」

洗面台で手を洗い、僕は鏡を覗《のぞ》き込む。

奥のキッチンからはリディヤ、カレンが笑い合う声。とても平和だ。けど。

「…………」

水の魔石を何の意味もなく作動させる。

思い浮かぶのは、王都西部地区郊外の聖霊教大聖堂で対峙《たいじ》した親友の――ゼルベルト・レニエが見せた悔恨の表情。

……………ゼル、僕は君を、ララノアで絶対に。

シャツの両袖を引っ張られる。視線を落とすとそこにいたのは、

「？　アトラ、リア？？」

白髪と紅髪の幼女が心配そうに僕を見上げていた。キッチンにいた筈《はず》じゃ……。

しゃがみ込むと、二人は僕に抱き着いてくる。

「アレン」「リア、いるよ？」

「……っ」

僕は余りの衝撃に言葉を喪《うしな》う。気付かれていたなんて。

いや……大部分の力を喪っているとはいえ、この子達は八大大精霊『雷狐《らいこ》』『炎麟《えんりん》』。人の機微を察することなんて造作もないのだろう。

二人の頭を優しく撫《な》で、御礼《おれい》を言う。

「――……そうだね。ありがとう。アトラもリアも本当に優しいね」

「「♪」」

幼女達は嬉しそうに頷《うなず》くと、手を繋《つな》いでキッチンへと戻って行った。

ふっ、と息を吐いて立ち上がり、水の魔石を止める。

「兄さん」

振り返ると、カレンが左肘を摑んで立っていた。エプロンも外している。

「カレン、今戻る――……えっと？　どうしたんだい？？」

応じる間もなく、妹が僕の胸に跳び込んできた。強く強く抱き着いている。

——顔を上げると瞳には大粒の涙。

「アトラ、リアだけじゃありません。私も、私だってっ！　……兄さんの力になれます。守れます。レニエさんのこと、どうか一人で悩まないでください」

「……カレン」

ハンカチを取り出し、僕は妹の涙を拭った。見られていたらしい。

軽く抱き締め返す。

「——……最近の僕ってそんなに思いつめているように見えたのかな？」

「はい。みんなも口には出していないだけで、心配していると思います」

「……修行が足りないね」

王立学校時代にゼルから受けたお説教を思い出す。

アレン、お前はもっと自分を大切にしなきゃ駄目だ。……あの頃より、もう少しだけ成長していたかったな。

獣耳をぺったんこにした妹の頭をほんの軽くぽん。

「でも、ありがとう。大丈夫だよ。自分の意志で前へ進む決意をしただけだから」

「………本当、ですか？」

「世界で一番可愛い妹に嘘《うそ》は吐《つ》かないさ」

「……私がいない所で、兄さんが今まで何度、無理無茶を繰り返してきたと？」

「酷《ひど》いお兄ちゃんもいたもんだね」

「……う～」

ポカポカと胸を叩《たた》かれる。全然痛くない。

僕は為《な》されるがままにされつつ、ポシェットから小箱を取り出した。

殴るのに飽き、頭をぐりぐりしてきた妹へ差し出す。

「カレン。これ」

「……兄さん？」

カレンは動きを停止し、小箱を両手で受け取り、目を瞬《しばたた》かせた。

緊張の面持ちで開け、

「──綺麗《きれい》」

中から花と植物の枝を模した美しい銀の髪飾りを取り出した。

僕は明日で十六歳になる、世界で唯一人しかいない妹に微笑《ほほえ》んだ。

「一日早いけど、誕生日の贈り物だよ。東都で髪を伸ばす、って言ってたろ？　来春の大学校へ入学する頃に着けられたら良いかなって」

「………兄さんは」

髪飾りを両手で包み込み、カレンは頬を染めて俯《うつむ》いた。紫電が漏れ出る。

「兄さんは何時だって、ズルい、です……大切にします。──……大好きです」

「気に入ってくれたのなら何より」

あんなに小さかったカレンが来春には大学校へ。時が経《た》つのは早い。

でも──目の前で大事そうに小箱へ髪飾りを仕舞う妹は幼い頃と変わらない。

僕は片目を瞑《つぶ》り、右手人差し指を立てた。指輪と腕輪が光を反射する。

「勿論《もちろん》、想定問題集も作成したからね！　今年の冬季休暇はステラと頑張ろう」

「……問題集は嬉しいですが、何時《いっ》作ったのか、については審議が必要ですね」

カレンが距離を詰め、僕の頬を指で突いてきた。

──東都の花の香り。

目を細め妹の灰銀髪に触れようと手を伸ばし、

「──……ねぇ、もう夕食が出来たんだけど？」

「「！」」

極寒の指摘を受け、僕達《たち》は慌てて後方へ目を向ける。

予想通りエプロンをつけたまま、両腰に手をやった紅髪の公女殿下が微笑んでいた。

両足に隠れ此方《こちら》を窺《うかが》っているアトラとリアは可愛いけれど……妹が猛《たけ》る。

「リディヤさん、空気を読んでください。今は私の番でしたっ！」

「……へぇ」

炎羽《えんば》と紫電とがぶつかり合う中、両者が狭い空間で対峙した。

腕組みをし、リディヤが口撃する。

「カレン、相変わらず義姉に対する口の利き方がなっていないようね？」

「私に義姉はいません、と何度言えばいいんですか？　あと――ちらり」

妹は小箱を開け中身を見せつけた。

リディヤは訝《いぶか》し気に見た後、グラリ、と身体《からだ》をよろめかせる。

「……髪飾り？　それがいったい何――ま、まさか……」

「兄さんにいただきました。今度、『誓約』の魔法もかけてもらおうと思っています」

「なっ⁉　……ちょっとぉ？」

不敵なカレンの宣言を受け、リディヤは矛先を僕へと変更した。

炎羽と紫電を消失させつつ、アトラ達の傍《そば》へと辿《たど》り着《つ》き、左手を少し振る。

「明日は誕生日だし。あと、魔法はかけないよ」

「⁉　に、兄さんっ、横暴ですっ！　リディヤさんだけなんて、不公平の極みですっ‼

兄は妹を甘やかす。それが世界の理《ことわり》なのに……腕輪と指輪も早急に外してくださいっ」

副生徒会長様は駄々をこね、同時に新しい要求を提示してきた。

膨れる妹の顔は、まだまだ子供だ。

「駄目です。腕輪も指輪も、今の僕の技量じゃ外せないんだ」

「ぐ、ぐぅぅ～」

不満の唸《うな》りをあげ、カレンはセーターの袖に爪を喰《く》い込ませる。

腕輪と指輪がまるで『外せるものなら？』と言わんばかりに瞬いた。

兄妹《きょうだい》のじゃれ合いを傍観していたリディヤが悪い顔になる。

「フフフ。残念だったわねぇ、カレン。いい加減、兄離れをしなきゃ駄目よ？」

「くっ！　兄さん依存も大概にしてくださいっ‼　この弱虫公女殿下っ‼」

「！　誰が弱虫ですってっ⁉」「すぐ自分だけ泊まろうとする『剣姫』様のことです」

「――……はぁ」

相方と妹の発した魔力を消しながら、僕は額を押さえた。

……この二人、仲が良《い》いのか悪いのか。

依然として睨《にら》み合《あ》う少女達を横目に見つつ、幼女達の頭を撫でる。

「アトラ、リア、先に食べていようか？　二人は時間がかかるみたいだからね」

＊

「こらっ！　待ちなさいっ、アトラ、リア‼　逃げないのっ‼」

「♪」「リア、はやーい☆」

背中の方から、幼女達の寝癖を直そうとするカレンの声。朝から元気だ。

今日も雨が降り続いているけれど、室内は暖房で快適。魔道具に感謝を。

フライパンが炎の魔石で温まったので、バターを溶かし、卵液を流し入れる。

軽く掻《か》き混《ま》ぜ、炒《いた》めておいた挽肉《ひきにく》を中に。縁を使って半月状の形へ整えていく。

左隣から、剣士服に僕とお揃《そろ》いのエプロンをつけたリディヤが細い手を伸ばしてきた。

髪は紐《ひも》で結っている。リボンは『……また今度、ね』らしい。

「そこの塩と胡椒《こしょう》取って」

「んー」

木製容器を手渡し、肩越しに制服姿のカレンをちらり。

椅子に座り、幼女達の髪を優しく梳《と》かしている。良い光景だな。

「ちゃんと見てないと、焦げるわよ？」

「はいはい」

「はいは一回！　私の手料理を食べられることを少しは光栄に思いなさいよねー」

そう言いながらリディヤはスープに塩と胡椒を入れた。

王立学校に入学した当時は、料理なんて一切出来なかったのにな。

「……何よ？　人の顔をじろじろ見たりして。ようやく私の美貌に気が付いたの？」

「え？　君はずっと綺麗だよね？？」

「あ、朝から何言ってるのよ。……もう」

紅髪の少女はほんのりを頬を赤らめ、俯いた。

甲斐甲斐《かいがい》しく幼女達の世話をしていた妹が咆哮《ほうこう》する。

「兄さんっ！　変なことを言わないでくださいっ‼『剣姫』様が調子に乗りますっ！」

「カレン、大きな声を出したらリア達が驚くでしょう？　――……ふふ」

「くぅっ！　……兄さぁん？」

「アトラとリアの着替えもよろしく」

不満気な妹へお願いする。オムレツは良い塩梅《あんばい》なので、大皿へ。

「……もう。アトラ、リア、次は着替えです！」「「♪」」

朝食を作る僕に対し、介入は無駄、と判断したのだろう。カレンが引き下がる。

今度は分厚くハムを切りつつ、何でもないかのように名前を呼ぶ。

「リディヤ」

「ん～？」

上の棚から、自分の持ち込んだカップを取り出しつつ、公女殿下が応じた。

食欲のそそる匂いをたて、フライパンの上でハムが焼けていく。

「昨日話したように――もし僕が、本当にララノアへ行くことになったら、その間リィネとリリーさんに頼みたいことがあるんだけど、良いかな？」

ララノア行きの話は、昨晩の内にリディヤとカレンに伝えてある。

リディヤに『次なる天使化の為《ため》、使徒達の標的になっているだろうシェリルを守る為』王都へ残ってほしい、とも。

以前だったら納得してくれなかっただろうけど……。

『あんたがそう決めたなら、いいわ。私は王都で溜《た》まっている調べ事を進める』

僕の相方は本当に頼りになるのだ。

また今回、僕はアトラを彼の地へ連れて行こうと思っていない。

偽《にせ》聖女の目的が何であれ、大魔法と大精霊を目標にしているのは間違いない。

護衛も限られる以上、僕の力では守り切れない可能性もある。

王都に残るカレンなら、安心してアトラを託せる。

野菜のスープの配膳を終え、紅髪の少女は同意した。

「別に構わないんじゃない。問題は、その中身だけどね。はい、お皿」

「ありがとう。――シーダさんに確かめたんだ」

差し出された五枚の白い皿を受け取り、出来上がったハムを載せていく。

リディヤが氷冷庫からサラダの入った器を取り出した。

「南都に月神教の古い礼拝堂跡地がある、って。今はどんな情報でも欲しいしね」

「…………ふぅ〜ん」

小さな容器に油、塩と胡椒を入れてよく掻き混ぜ、公女殿下はサラダへかける。

「南都で足止めを喰らっているニコロにも手伝わせたら？　探知に長《た》けたサキもいるし」

「あ、確かに。流石《さすが》は王立学校、大学校首席様。頼りになるね」

――ニコロ・ニッティ。

僕が侯国連合の水都で出会った少年であり、名門ニッティ家の次男だ。古書や禁書の解読に天与の才を持つ。

鳥族のサキさんは、同じ孤児院出身のシンディさんと二人でリンスター公爵家メイド隊第六席。今はニコロ護衛の任に就いている。

サラダを皿へ手早く取り分け、リディヤが睨《ね》めつけてきた。

「……誰かさんが、席次を譲ったからでしょう？　あんまりふざけた事を言っていると攫《さら》うわよ？　南方島嶼諸国《なんぽうとうしょしょこく》へ」

「水都とララノアじゃなくなったっ⁉」

「あそこはあんたを『水竜の御遣い』なんて呼んでるし、ダメ。ニケ・ニッティも絶対接触してくるだろうし。ララノアは内戦一歩手前じゃない」

異名の件は同意だ。あと何かある度、攫おうとしないでほしい。

パンを切り分け、新しいフライパンで焼いていく。アトラ達も、リディヤとカレンも蜂蜜やジャムで食べるのが大好きだ。

カップと皿をテーブルへ全て運び終えると、リディヤは大きなナイフでオムレツを切り分け、溜め息《いき》を吐《つ》いた。

「……はぁ。昨日は『分かった』と言ったけど……腹黒王女を脅して、私も調査官へ鞍替《くらが》えしようかしら？　もしくは辞職すれば一緒に……」

「うん、止《や》めよう。リアム様の胃に穴が空いちゃうよ」

侯国連合と干戈《かんか》を交えただけでなく、アトラス侯国を属国化する形になったリンスター公爵家の長へ、今以上の御負担をかけるわけにはいかない。

「——……ケチ。バカ。鈍感。あんたは私と離れるのが平気なの？」

『誓約』の魔法を使っていても、他国ともなるとお互いの魔力は分からない。

オルグレンの乱の際、四英海《しえいかい》の小島に捕まった身としては後ろめたくも思うけど。

焦げ目のついたパンを次々と籐《とう》の籠へ入れ、炎の魔石を止める。

「僕のよく知っているリディヤ・リンスター公女殿下は、友達思いの優しい女の子だから、口ではそう言っていても絶対に職務を放棄することはないんだよね」

「……………バカ。大バカ。アレンのバカ」

こてん、と頭を肩へぶつけ、リディヤは文句を呟《つぶや》いた。

——やっぱり、リボンを着けてほしいな。

籠に浮遊魔法をかけ、テーブルへ。

「心配することはないよ。ララノアの情勢不穏、といったって、今日明日の話じゃないだろうしね。正式交渉となれば腕利《うでき》きの護衛もつくさ」

「はぁぁ……」

リディヤが眉をひそめた。至近距離で人差し指を突き付けてくる。

「そう言って、今まで何回巻き込まれてきたと思っているわけ？　あんた自身が危険に曝《さら》されるかもしれない、という認識が薄いのよっ！　再教育が必要ね——カレン？」

アトラとリアを椅子に座らせた妹が何度も大きく頷《うなず》く。

「自分が絡《から》む場合、兄さんの楽観論は信用に足りません。私達《たち》が絡む場合は、石橋を叩《たた》いて、叩いて、叩いて……叩き割《わ》ってなお、検証を重ねるのにです。悪癖です。遺憾です。空色屋根のカフェで、季節の特製タルトを御馳走《ごちそう》してもらっても足らない重罪です」

「だ、そうよ？」

紅髪の公女殿下が勝ち誇り、胸を張った。

エプロンを手早く畳み、僕は目線を逸《そ》らす。

「……そんなつもりは」「あるわよ」「ありますっ！」「「ある～♪」」

どうやら、この場に味方はいないらしい。軽く手を挙げ、降参する。

「心に留めて善処するよう、努めます」

「行動で示しなさい」「破ったら、お願いを聞いてもらいます」

「……カレン？　裏切るの？？」「兄に妹が甘える。これもまた世界の理です」

「はいはい、喧嘩《けんか》はしない」

「「はい、は一回っ！」」

……うん、やっぱり仲良しだよね。

僕は苦笑し、二人の椅子を引いて恭《うやうや》しく頭を下げた。

朝食を食べ始めて少し。玄関の小さな鈴が鳴った。

この殆《ほとん》ど感知出来ない魔力って。

アトラとリアの口元を布で拭いていたカレンとリディヤが不思議がる。

「？　こんな時間に誰でしょうか？？」「此処《ここ》に来る人間は大分限られるけど……」

「見て来るよ」

僕の下宿先に来る人は相当限定される。本来なら、リディヤだって泊まるべきではないのだ。……ティナ達は来させないようにしないと！

廊下を歩きながら僕は固い決心をして、玄関を開ける。

「おはようございます。アレン様」

そこにいたのは意外な人物——ハワード公爵家の老執事長さんが佇《たたず》んでいた。

どういう原理なのか、傘も差していないのに、全く雨に濡《ぬ》れていない。

「おはようございます……グラハムさん、何かあったんですか？」

「旦那様がこれを、と。昨晩、王宮で緊急会議が行われました」

柔和、なれど瞳の奥に確かな緊張を滲《にじ》ませ、老執事長は紙片を懐《ふところ》から取り出した。

……緊急会議、か。

「何があったわけ？」「何ですか？」

遅れて出て来たリディヤとカレンが僕の肩越しに覗《のぞ》き込んできた。

「「っ！」」

内容に困惑し、息を呑む。

ワルター・ハワード公爵殿下の重厚な字で書かれていたのは——予期せぬ事態だった。

**『トレット商会の仲立ちにより、ララノアから早急な会談要請あり。我が国の要求を全て呑むとのこと。代わりに急使と『剣姫の頭脳』の派遣を懇願。準備を急がれたし』**

トレット商会は王国東部に地盤を持つ大商家で、ララノアにも進出している。

——まさか、昨日の今日でこんなことに。

両腕をリディヤとカレンに抱え込まれる。

「……アレン」「……兄さん」

「確かに……信用ならなかったね」

顔を上げ、どす黒い雲を見つめる。

どうやら——僕達の想像以上にララノアの情勢は悪化しているようだ。

# 第2章

「じ、じゃあ……せ、先生が」「ア、アレン先生が」「あ、兄様が」

「「「ララノア共和国にっ⁉」」」


王都、リンスター公爵家の一室に少女達の叫びが木霊《こだま》し、近くのソファーでクッションを抱え、すやすやと寝ているアトラの獣耳が動いた。

僕の真正面に座っている、薄蒼《あお》の白金髪に髪飾りをつけたハワード公爵家次女のティナは大きな瞳を見開き、驚きを露《あら》わに。左隣に座る白いリボンでブロンド髪を二つ結びにした、ティナの専属メイドであるエリー・ウォーカーも口元を押さえ、右隣のリンスター公爵家次女のリィネは赤髪を指で弄《いじ》った。三人共、学校帰りなので制帽と冬用制服姿だ。

時刻は雨降る氷曜日の昼下がり。家庭教師の日。

本来なら、ステラとカレンも合流しているのだけれど、週明けから開始される臨時休校についての話し合いと、生徒会絡《がら》みで遅れている。誕生日のお祝いは夜だな。

　ソファーに座りアトラを撫《な》でていた、長い栗色《くりいろ》髪で白いセーターと黒スカート、長靴下姿の痩せっぽちな眼鏡少女――強制休暇のフェリシア・フォスが指摘をしてきた。

「伝えられたのが今朝方。なのに出発が週明け炎曜日……急な話ですね。しかも、アレンさんを名指しして、『理由は当地で話す』だなんて」

「共和国を事実上率いているアディソン侯は相当切羽詰まっているようです。仲介役のトレット商会会頭に対し『白紙委任状』を渡し、王国の助力を乞うてきたと」

「「「えっ？」」」

　ティナ達が言葉を喪《うしな》う。

　確かにララノア共和国へ行くつもりだった。

　けれど、余りにも早過ぎるし条件も異常だ。どうして僕を……。

　フェリシアの眼鏡が妖しく光り、前の小さな机からペンとノートを手にした。

「トレット商会というと……オルグレン公爵家との繋《つな》がり深く、東方に強みを持つ？　アレンさん、ここは商圏拡大の好機だと――」

「駄目です」

　僕はすげなく番頭さんの提案を却下し、浮遊魔法を発動。ペンとノートを宙に浮かべて移動させ、没収する。

フェリシアが前髪で隠れている左目を露わにしながら、憤然と立ち上がった。

痩せた身体《からだ》に相反する豊かな胸が弾み「……くっ」ティナとリィネは視線を落とした後、唇を噛《か》んだ。エリーは「フェリシアさんのセーター、似合ってます」。天使だ。

そんなことに気付かず、番頭さんが吠《ほ》える。

「あーあーあー！　ア、アレンさん！　か、返してくださいっ‼」

「フェリシア、今日は仕事禁止だと言いましたよね？　休む時は休む！　僕との約束を思い出してください。商会の皆さんにもそう釘《くぎ》を刺されています」

「う～！」

後世の史書において『第四次南方戦役を勝利に導いた立役者の一人』と名指しされるだろう眼鏡少女は頬を大きく膨らませ、いじける。

「……私、元気なのに」

「強制休養日を更に増やしても？　エリー、フェリシアにも紅茶をお願いします」

「はひっ！」

ブロンド髪の天使がぱたぱたと備え付けの簡易キッチンへ。

その間にフェリシアは空いている椅子へ腰かけた。

「ひ、卑怯《ひきょう》です。それが会頭の為《な》さりようだとっ⁉」

「商会全体の総意です。総意」

「うぅぅ〜！」

ぽかぽかと仕事中毒な番頭さんが叩いてくる。困った子だなぁ。

セーターで強調されたフェリシアの胸を、親の仇《かたき》かのように睨《にら》んでいたティナが我に返り、挙手した。前髪もぴんっと立ち上がる。

「先生っ！　王立学校は週開けから三週間の臨時休校になりましたし、私も護衛に立候補しますっ‼」

「「！」」

リィネと、お茶の準備を整え戻ってきたエリーの瞳が大きくなる。

――以前ならば『実力不足』という判断を示せた。

しかし、この数ヶ月で見違える程成長した僕の教え子達は、今や王国でも上位の魔法士であり剣士。護衛に選ばれても決しておかしくはない。ただ今回は。

エリー御手製のクッキーを摘み、事情を説明する。

「残念ながら……リディヤが手を回していたようで、既に護衛役は選抜済みです」

「なっ⁉」「あぅあぅ」

ティナとエリーが驚くと、窓硝子《ガラス》が雨風で揺れた。

赤髪の公女殿下が冷静に問いを発する。

「兄様、護衛役の方はどなたに……？」

「教授の研究生。僕とリディヤの後輩達《たち》だね。さっき、テトの報告書が届いたよ」

床の鞄《かばん》から、下手な本よりも分厚く紐《ひも》で綴《と》じられている冊子を取り出す。

**『護衛選抜戦について』**。

僕やリディヤが関わっていない新入生を除く合計七名でぶつかり合ったらしい。

——結果、無数の結界で防護された大学校訓練場は半壊。

大学校側の抗議文書まで綴じ込まれていて、かつ教授ではなく僕宛だ。酷《ひど》い。

報告書をぺらぺらと捲《めく》る教え子達とフェリシアが息を呑《の》み、呆《あき》れた視線を向けてくる。

「……うわぁ」「え、えーっと……」「兄様……」「まぁ、アレンさんですしね」

「選抜方法を決めたの……僕じゃないですよ⁉」

リディヤには何も聞かされていない。王都襲撃事件後にテトへ吹き込んだのだろう。

困ったことに僕の公女殿下は天才なのだ。

フェリシアが悪い顔になり、顎に手をやった。

「ん～？　これは有罪ですね。どうお考えですか、ティナ判事？」

話を振られ、薄蒼髪の公女殿下はキョトンとするも——すぐさま頷《うなず》く。

「同意します！　リィネ判事？」「身内ですが、姉様も関わっていると思います」

赤髪の公女殿下は重々しく応じる。

紅茶を丁寧にカップへ注ぎながら、エリーも会話に加わってきた。

「で、でも、この報告書を読む限り、今年入られた方とギル・オルグレン公爵代理以外は皆さん参加していますし……同じ立場なら、わ、私も参加したと思います」

「「……エリー？」」「ひゃうっ」

二人の公女殿下に睨まれ、ブロンド髪のメイドさんは悲鳴をあげた。

日常の光景に心が和む。

僕が紅茶を飲んでいると、フェリシアもカップを手にし、不思議そうな顔になった。

「でも、内定したのってテトさんじゃないんですね。ゾイさんとユーリさん、ですか。ステラとカレンが『凄《すご》い魔法士さんよ！』と凄く褒めていたので、てっきり……」

「対呪符用魔法を最終局面で使われて、動揺したみたいです」

頬に小さな布を貼ったまま、水色屋根のカフェへやって来た魔女帽子の後輩は、季節の果実タルトを食べながら心底悔しそうにしていた。

『最後まで優勢を維持出来ていたので、勝った、と油断してしまいました。……あの対呪符用魔法、アレン先輩が研究室のノートに残していったものじゃ……？』

僕の後輩は賢い。あんなメモを覚えているとは。

だけど、殆《ほとん》ど実戦で使われない魔法をわざわざ覚えたユーリも凄い。

ゾイは……御実家の西方ゾルンホーヘェン辺境伯家と和解してほしいな。

教え子達と視線を合わせる。

「アトラはカレンに預けていくので、仲良くしてあげてください。長引いても二週間の予定です。では――三人に課題を出します」

「「「はいっ!!!」」」

ティナ達の瞳が輝き、背筋を伸ばした。

鞄から真新しいノートを三冊取り出し、少女達の前へ差し出す。

「まず、エリー。封印書庫に使われていたルミル様とミリー様の魔法式を用いて植物魔法を改良してみました。チセ・グレンビシー様の書簡と合わせ、練習してみてください。エリーなら、封印書庫を封じている大樹も応えてくれるかもしれません」

「！　お父さんとお母さんの……」

ブロンド髪の少女は息を呑み、祈るかのように両手を合わせた。

王国有数の名家『ウォーカー』を継いだ御父上《おちちうえ》と半妖精族の大魔法士『花賢』。

その力は強大無比だけれど、エリーならきっと使いこなせる。

「！……はい。はいっ。ありがとう、ございます……頑張ります」

「帰って来る頃には抜かれていそうですね」

「そんなことっありませんっ！　……あぅ」

エリーが珍しく大声を発し、顔を真っ赤にした。アトラが毛布へ潜り込む。

「次にリィネ」

「兄様、良い機会《い》なので、訴えさせていただきます。姉様、ステラ様、カレンさん、ティナ――そして、この前はエリー」

赤髪公女殿下は僕をギロリと睨む。ただならぬ迫力だ。

「順番がおかしいですっ！　遺憾の極みですっ‼　リィネだって……リィネだって、兄様に魔力を繋《つな》いでもらいたいですっ！！！！」

僕は人と魔力を繋ぐことが出来る。

繋いだ相手は僕の魔法制御を。僕は繋いだ相手の魔力を利用可能に。

これだけなら、双方得をする能力なのかもしれないけれど……。

「リィネ、『繋がり』は一度結んでしまえば消えず、深くなる。リディヤは平然と受け入れていても……君があいつみたいになったら、僕は泣くよ」

「そんな、あにさまぁ……」「ふふーん。リィネ。ここは潔《いさぎよ》く諦めましょう」

情けない顔のリィネに対し、ティナが口を挟んだ。

魔力でカーテンを揺らし、赤髪の公女殿下はティースプーンで紅茶を掻《か》き混《ま》ぜた。

「……ティナ、首席の称号、そろそろ奪っても？」

「ふっ。この前の戦いでも、先生と魔力を繋いだ私に勝てると？」

「上等ですっ！」「負けませんっ！」

炎片と雪華がぶつかり合う。この二人は近い将来、ハワードとリンスターを担《にな》うな。

「あぅあぅ。お、御二人共、部屋の中では……」「！　……きゅう」

エリーがあたふたとする中、余波で目を回したフェリシアを浮遊魔法で受け止め、ソファーへと運んでおく。

右手を軽く振ると、微《かす》かな白光が腕輪から走り——

「「！」」「綺麗《きれい》です……」

炎片と雪華を光花の檻《おり》に閉じ込めた後、黒光が全てを呑み込み、消える。

僕が多用する魔法介入ではなく、白黒の天使様の力だ。理論は極一部を除き不明。

……出来ればステラに渡したい。外せないけど。

「話を戻すね？　リィネは僕が王都へ戻るまで、一旦攻撃魔法も全面禁止にして、純粋な身体強化魔法を磨き直そう。遠からず、君専用の魔剣を西方長命種の長《おさ》様達が送って来られる。それに負けないようになっておかないとね」

「――……はい、兄様」

腰に提げている短剣の鞘《さや》を叩《たた》き、リィネは力強く頷いた。素直な良い子だ。

手帳を取り出し、挟んでおいた紙片を手渡す。

「あと、もう一つ、リィネに頼みたいことがあるんだ。聞いてくれるかな？」

「！『私』にですか？　姉様やリリーじゃなく？？」

「うん」

ティナとエリーと一緒に『**南都の月神教礼拝堂跡地**』の調査依頼書へ素早く目を走らせるや、リィネは立ち上がった。恭《うやうや》しいお辞儀。

「リンスター公爵家次女リィネ。狼《おおかみ》族のアレン様の御依頼、お請け致します！」

「よろしく。ティナとエリーだけじゃなく、シーダさんの知恵も借りるようにね」

「シーダの……？　あ！　分かりました、兄様っ‼」

リィネは得心し、大きく頷いた。王都を出る前にリアム様とリサさん、アンナさんにも話を通しておかないとな。会えれば、リリーさんにも。

新たな予定を脳裏に書き込み、僕は薄蒼《あお》髪の公女殿下へノートを差し出した。

「最後にティナ」

「新極致魔法でも新秘伝でも、どんとこい、ですっ！」

小さな拳で胸を叩き、少女が胸を張る。

……ちょっとだけ伝え辛《づら》い。

「変わらず、魔法制御の訓練を」

パチリ、僕の前髪が少しだけ凍り付いた。

案の定、リディヤと並ぶ天才少女は不服そうだ。

「……先生ぃ」「それが一番の前へ進む路《みち》です」

薄蒼髪の氷片を手に取り、空中へ放り投げる。

キラキラと光を放ちながらテーブルへ落下し——空中で停止。

氷に闇が混じり深蒼《しんそう》へと変化していく。

「僕の魔力量では殆ど操れませんが、ティナなら出来ます。『銀氷《ぎんひょう》』を自由自在に操れるようになれば、魔法の打ち合いで君に対抗出来る魔法士はまずいません。何より——」

「「「えっ？」」」

少女達が驚きの声をあげた。

——氷片が形を変え完全な『雪花』となっていく。

「ローザ・ハワード様の魔法式を使いこなす為《ため》には……今の魔法制御だと難しい」

ティナは瞳に強い決意を漲《みなぎ》らせ、雪花を両手で包み込んだ。

「……御母様の……頑張りますっ！」

仄《ほの》かに暖かい雪風が頰を撫《な》でるのを覚える——この子ならば必ず。

手を伸ばし、三人の制帽をほんの軽くぽん。

「どうか一歩一歩進んでください。一緒に頑張りましょう」

「「「はいっ！」」」

自慢の教え子達は頰を赤らめ、返事をしてくれた。僕も今以上に頑張らないと。

お互いの手を合わせるティナ達を見つつ、風魔法を静謐《せいひつ》発動。

起き上がった番頭さんにも伝えておく。

「(フェリシアもですからね？　……エルンスト会頭の件は僕に任せてください)」

「(……王都でアレンさんに頼まれた西方の古い伝承や御伽話《おとぎばなし》を集めておきます)」

僕が商会に引き込まなければ、相応の魔法士として何れ世に名を知られることになっただろう番頭さんはすぐ応じてくれた。

オルグレンの乱の混乱下、聖霊教に拉致されたフェリシアの父親がララノアにいる可能性は高いわけじゃない。目撃情報自体が罠《わな》の可能性もある。

同時に零《ゼロ》でもないのだ。

クッキーを齧《かじ》ったティナが行儀悪く足をぶらぶらさせる。

「それにしても、使者の方はいったいどなたに――」

丁寧なノックの音が耳朶《じだ》を打った。

僕達《たち》の応答を待たず、入り口の扉を静かに開いて行く。……この魔力は。

「失礼します」

涼やかでお淑《しと》やかでありながら、聞き馴染《なじ》んだ声。

入って来られた、長い紅髪で真新しい紅と白のドレスにケープを羽織った美少女を見て、ティナ達が困惑する。

「え、えーっと……」「あう……」「まさか……」「『公女殿下』って他国だと……」

フェシリアはいち早く答えに辿《たど》り着《つ》いたようだ。

予備のカップを用意しながら、僕は素直に問いかける。

「会議でリュカ様やフィアーヌ様の御姿がないなと思っていましたが、こっち絡《がら》みでしたか。……説明をお願いします、リリーさん」

紅髪の美少女――ここ最近姿を見せていなかった、リディヤとリィネの従姉さんはドレスの両裾を摘み、お澄まし顔で軽く頭を下げた。

「此度《こたび》――ララノアへの使者を仰《おお》せつかりました、リンスター公爵家メイド隊第三席のリリーです。実家は副公爵家であり、他国では『公王』扱いとなる『公女殿下』の敬称を受ける為、非公式な交渉場では『相応』と判断されました。勿論《もちろん》、実務交渉は全て狼族のアレンに一任を。よろしくお願いします♪」

＊

「――……う、ん」

ゆっくりと私の――ステラ・ハワードの意識が覚醒していく。花の匂い。

……あれ？　今日は昼間、アレン様の指導を受けて、夜はみんなでカレンの誕生日会。その後はリンスターの屋敷《やしき》でティナ達と一緒に寝ていたんじゃ……？

上半身を起こす。着ているのは――何時《いつ》もの寝間着ね。頭についてるのは、「蒼翠《そうすい》グリフォンの羽根と、アレン様に託されたカリーナの髪飾り？　ちゃんと仕舞ったのにどうして……」

疑問を覚えながら、辺りを見渡してみる。

広がっていたのは咲き誇る純白の花々と壁らしき痕跡。

中央には茨の巻き付いた『蒼薔薇《あおばら》の剣』が突き刺さり、清冽《せいれつ》な魔力を発している。

「……もしかして、王都の神域？」

私は呟《つぶや》き、立ち上がると、

「ステラ♪」「きゃっ」

背中に誰かが抱き着いてきた。そのまま花の中に埋もれてしまう。

身体《からだ》を返すと、光り輝く腰までの長い金髪で白服を着た美少女が微笑《ほほえ》んでいた。

「カ、カリーナ？」

「また会えて嬉《うれ》しいわ。フフ♪　私って、自分で思っている以上に凄《すご》かったみたい。少しだけ星の律を曲げられたの。悪い魔力や『声』からも解放されたしね」

手を引かれて座り込み、百年前『賢者』によって想《おも》い人である『銀狼《ぎんろう》』を喪《うしな》い、一時は八翼の悪魔へと堕《お》ちかけるも、必死に抗《あらが》い続けた少女へ向き直る。

「あ、あの！」「ステラ、時間がないの。端的に説明するわね」

疑問はカリーナの言葉に遮られ、消える。

——瞳に見えたのは憂い。

「『氷鶴《ひょうかく》』と一緒に、優しい狼さんに付いて行って。じゃないと——」

彼は死ぬわ。

「……え？」

突然の言葉に理解が追いつかない。死ぬ？　誰が？？

――……まさか、そんな、アレン様が？？？

「っ！」

僅かに想像しただけで身体の震えは止まらず、視界が涙で滲《にじ》んでいく。

私はあの方に出会う前よりも、ずっと強くなった。剣技も魔法も――心も。

だけど同時に……アレン様がいなくなった世界なんてもう考えることすら。

細い指が私の頬を伝う涙を拭い、髪飾りに触れた。

「そんな顔をしないの。大丈夫だから。私の力も少し貸してあげる」

「……はい」

袖で涙を拭くと、カリーナに抱きしめられる。

「彼の運命はとても過酷で、彼にしか出来ないことがある。……だけど、優しい人は自分よりも他者の命を優先してしまう。そういう時は――」

目を合わせ、頷《うなず》き合う。私がアレン様を守らないとっ！

世界が急速に崩れ、白い花が舞い散っていく。

「ありがとう、カリーナ」

「頑張ってね、恋する聖女さん。また必ず会いましょう」

＊

目を開けると、飛び込んできたのはリンスター家の客室天井だった。

……夢、だったのかしら？

隣のベッドにはカレン。エリーとリィネに左右から、アトラにはお腹《なか》に抱き着かれ暑そうだ。フェリシアは週明けにとても大事な商談があるらしく、資料の準備で実家へ帰っている。

相手は西方随一の資産持ちと噂《うわさ》されるゾルンホーヘェン辺境伯らしい。

身体を起こすと、ほぼ同時に隣で寝ていた妹も目を覚ました。

「ティナ」「御姉様」

静かに呼び合い、真剣な表情を見て察する。あれは夢じゃないわ。

「その顔――もしかして貴女も『氷鶴』に忠告された？」

「はい。もしかして……御姉様もカリーナ王女殿下に？」

「ええ」

ベッドを降りて、私は窓へと進んだ。

月と星が王都を照らしだしている。

「ティナ、貴女はどうするの？　王立学校は週明けから臨時休暇に入るわ。でも……御父様に事情を説明したら、絶対に反対される。『**付いて行くなんて言語道断！**』って」

「――そんなの」

妹は私の近くへやって来て嬉しそうに宣言した。

右手の甲には『氷鶴』の紋章が瞬《また》いている。

「言葉にする必要もありませんっ！　御姉様だって同じですよね？」

私の妹は本当に強くなった。姉として誇らしいけど……負けていられない。

優しく抱きしめる。

「アレン様達は、明日正午に王都を発《た》たれて東都へ向かわれるわ。計画を練りましょう」

「はいっ！」

「……あのねぇ、そういう大事な話はもう少し声を落としてしなさい」「「！」」

魔力灯《とう》がつき、明るく照らされた。

先日、みんなで買いに行ったお揃《そろ》いの寝間着姿のカレンがアトラを抱っこし、まだ寝ぼけているエリーとリィネさんを従えている。

「ステラおねえちゃん、ティナ御嬢様《おじょうさま》ぁ？」「どうしたんですかぁ……？」

「「ぷっ」」

私とティナは吹き出した。

――きっと以前までの私達だったら、動こうとはしなかった。

私は『次期ハワード公爵』という重圧に。

ティナは『ハワードの忌《い》み子』という蔑みに負けそうになっていたから。

――でも、今は！

妹を後ろから抱きしめ直し、親友と妹同然の子達に微笑みかける。

「こんな夜遅くに起こしてごめんなさい。――みんなにどうしても頼みたいことがあるの。私とティナを助けてくれないかしら？　アレン様とリリーさんには内緒で！」

＊

「なんとまぁ……帰国するユースティンの皇女と王宮で会談中のシェリル王女殿下に半ば

拘束されている形のリディヤはともかくとして、ティナ嬢達が見送りに来ないなんて珍しいね、アレン。ま、僕は恩を着せられて良いけどさ」

週が明けた炎曜日。王都中央駅停車場。

線路上で出発準備を進めている東都行きの汽車を一瞥《いちべつ》し、僕は赤髪癖っ毛の近衛《このえ》騎士団副長へ肩を竦《すく》めてみせた。純白の騎士服が様になっていて、嫉妬の心すら湧いてこない。

「リチャード、僕だって何時もあの子達と一緒なわけじゃないんですよ？　みんなでお弁当を作ってくれているみたいです」

「ふ～ん。モテる男は辛《つら》いねぇ」

可愛《かわい》い婚約者持ちでありながら、恐ろしく女性にモテる美男子が言うことかっ！

やや離れ、植え付けの樹々《きぎ》の傍《そば》で警備を行っている、苛烈な東都攻防戦を共に戦ったベルトランや古参近衛騎士達へ手で合図すると目を逸《そ》らされた。戦友の絆《きずな》何処《いずこ》にありや？

僕は革製の旅行鞄《かばん》を地面に置き、小さな時計塔の近くで、ドレス姿のリサさんやフィアーヌさん、同僚のメイドさん達と楽しそうに会話中のリリーさんを見やった。

白い布帽子を被《かぶ》り、淡い紅のドレスと純白のケープ。手の腕輪も外している。

遠目に見ると、誰がどう見てもお淑やかな深窓の『公女殿下』だ。

近衛騎士団の一部が警護に当たる、というのもおかしな話じゃない。

ただ……僕達《たち》のラランノア共和国行きは本交渉の前段階。

なのに、駅構内ではアンナさんやロミーさん、近衛騎士団団長オーウェン・オルブライトの魔力を探知出来る。アレン商会付の人達を除けば、席次持ちのメイドさん達も。

僕の友人兼年上の弟弟子でもある狐《きつね》族のスイが、新婚旅行中にも拘《かか》わらず西都から送ってきた分厚い手紙によると、偶然にも今日、王都へ謎の重要人物が到着するようなので、そちらが主なのだろうけど、戦力的に物々し過ぎる。

これで、シェリル、リディヤと共に王宮でヤナ・ユースティン皇女と会談中のレティ様がいたら、戦争前夜かと錯覚しそうだ。

フェリシアと午後商談予定の、ゾロス・ゾルンホーヘェン辺境伯が来るから……じゃないよなぁ？　近衛騎士『幸運』ヴァレリー・ロックハートさん達と一緒らしいけど。

疑問を覚えていると、王宮から飛んで来た今朝から数えて十数羽《わ》目の小鳥が指に停《と》まった。『剣姫』様が王女殿下の目を盗み、伝言を届けてくるのだ。

そんな僕を呆《あき》れ半分、ニヤニヤ半分で眺めていたリチャードへ質問を飛ばす。

「……で？　裏でどういう経緯があって、リリーさんが急使になったんです？」

ララノアへの使者に誰を立てるか？　偉い人達の間でも意見は割れたらしい。

交渉相手の光翼党《こうよくとう》を率いるオズワルド・アディソン侯爵は、一国の元首であり、建国の英雄の家柄と讃《たた》えられる名家の長。本人の意志ではなかったらしいが王国との敵対、そして外交官追放を認めた人物だ。生半可では、と思うのも理解出来る。

北都にいる教授の一言で『交渉自体はアレンに委任』が決定したのは解《げ》せないけど。

リチャードは疲労を滲ませ、眉間を押した。

「最終候補に残っていたのは、僕とリリーだったんだ。『公子殿下』『公女殿下』の敬称は、他国を相応に威圧出来るしね。後は実力勝負になった。ただ、さ……」

大きな汽笛が駅構内に響き渡る。出発が近い。

……ティナ達は間に合うんだろうか？　護衛役の二人も来ていないし。

フィアーヌさんと笑い合っているリリーさんを眺め、赤髪の近衛副長が手を挙げる。

「我が従妹《いとこ》殿の実力は君も知ってるだろう？　僕も結構頑張ったんだけどね、最後の最後で押し負けた」

「リリーさんの実力に疑いは抱きませんが……副公爵殿下がよく許可を出しましたね」

王国最南端、旧エトナ、ザナ侯国を治めるリュカ・リンスター副公爵殿下は、メイドの道を突き進む娘さんを溺愛されていた。

リチャードが沈痛な面持ちになる。

「……アレン。君だって理解しているだろう？　うちは女性陣が強いんだ。しかも、母上と叔母上が揃ってリリーを推薦しているときた」

「……お察しします」

リンスターの女性陣に逆らうのはお勧め出来ない。願わくば、リィネはその路線を踏襲しませんように。

赤髪の近衛副長が煙草《たばこ》入れを弄《いじ》りながら、声を潜めた。

「（ま、君も知っての通り、聖霊教の使徒第四席をラランノアで討った者の一人は、我等《われら》が『剣聖』殿らしいからね。叔父上としても黙認せざるを得なかったんだと思う。……あの馬鹿に会ったら『オーウェンとリチャードが怒っていた』と伝えてほしい）」

――『剣聖』リドリー・リンスター。

リンスター副公爵家長子。つまり、リリーさんの兄上にして前近衛騎士団副長。

『剣姫』の称号を得る前のリディヤと一騎打ちを行い敗れ、王都を去った人物だ。

……イドリスを討った話は詳しく聞かないとな。

僕は赤髪の近衛副長と拳を合わせた。

「了解です」

「幸運を祈ってるよ。従妹殿をよろしく。妹が癇癪《かんしゃく》を起こす前に帰って来ておくれ」

肩を叩《たた》き、リチャードがベルトラン達の下へと歩いていく。

魔法生物の小鳥を複数放っていると、鞄を持ちリリーさんが僕の傍へとやって来た。

「──リディヤちゃんにですか？」

「と、テトとシェリルにもですね」

二度目の汽笛。ティナ達の魔力も、ゾイとユーリの魔力も探知出来ない。

長い紅髪を手で押さえた年上公女殿下は、自分の鞄を僕の鞄にくっつけて置いた。

「リリー・リンスター公女殿下」「使者になったのは私の意思です」

公女殿下が僕の右手を取り、銀の腕輪に触れる。瞳の奥には怒りと拗《す》ね。

わざわざ静音魔法を弱く発動させ、普段通りの口調で詰《なじ》ってくる。

「腕輪を外し、剰《あまつさ》え天使さんが新しくしたせいで、アレンさんの魔力を追えなくなっちゃいました。遺憾です。大変、大変、遺憾です。……私はそれなりに怒っています」

この数ヶ月間、僕とリリーさんは父が作ってくれたお揃いの腕輪を身に着けていた。

だが、カリーナがどういう気紛《きまぐ》れか、形状だけでなく込められている魔力すらも変えてしまったのだ。

リリーさんが数歩前へ進む。

「アレンさんのララノア行きが内々に決まった、と御母様に聞いた時思ったんです。『ウエンライト直系のシェリル王女殿下は狙われる可能性が高くて動けない。その護衛であるリディヤ御嬢様、白黒の天使となったステラ御嬢様、大精霊『氷鶴《ひょうかく》』をその身に宿すティナ御嬢様も同様。エリー御嬢様とリィネ御嬢様は得体の知れない使徒相手だとまだ守るべき存在で、学生のカレン御嬢様は公的な位置づけが難しい』――」

冷静極まる情勢、技量、立場の分析。この人もまた『リンスター』。

クルリ、と振り返り、年上メイドさんはふんすと、と両手を握り締めた。

「なら――この前は守れなかったので、今回は私が傍にいて守らなきゃっ！　という結論に到《いた》りましたっ‼　……そんなに変な話ですかぁ？」

うん、やっぱりこっちの方が落ち着くや。言葉には出さず、答える。

「いいえ。でも、今回は相手が相手です。容赦なく頼りにしますよ？」

聖霊教の使徒達は強い。

それぞれが大魔法『蘇生《そせい》』『光盾《こうじゅん》』の残滓《ざんし》の力を振るうばかりか、【双天】が創り出した戦術禁忌魔法すら放ってくる。僕一人じゃ、苦戦は必死だ。

リリーさんは花が咲いたかのように笑みになり、両手を合わせた。

「うふふ〜♪　勿論《もちろん》ですぅ〜☆　──……向こうで兄を見つけたら」

前髪の花飾りが黒い光を放ち、笑みが深まる。とてもとても怖い。

頰を掻《か》き、辛《かろ》うじて釘《くぎ》を刺しておく。

「……お手柔らかにしてあげてください」

「い・や・で・すぅ〜★」

まったく、このメイド志望の公女殿下は。

静音魔法を崩すと、リサさんとフィアーヌさんがほんの小さく手を振ってこられた。

最大の汽笛が駅構内に鳴り響く。

僕は鞄に浮遊魔法を発動し、左手を美しき使者様へ。

「ティナ達も護衛の二人も来てないですが──御手を、リリー・リンスター公女殿下」

「はい──狼《おおかみ》族のアレン」

薄《うっす》らと頰を染め、リリーさんは僕の手をしっかりと握り締めた。

南都で初めて会った時も、こうやって手を繫《つな》いだっけ。

懐《なつ》かしい記憶を思い出しつつも、東都行き列車の最後尾、特別車輛《しゃりょう》の広々とした入り口へ進んで旅行鞄を中へ。僕も乗り込んで、リリーさんの手を引き、

「きゃっ〜♪」「わっ」

倒れそうになったので抱きとめ、悪戯《いたずら》が成功した猫のような表情で察する。

……し、しまったっ、わざとか！

「あらあら、まぁまぁ☆」「…………はぁ」『お～！』

汽車から少し離れたフィアーヌさんはニコニコ顔なのに対し、リサさんは額に手をやり渋い顔。メイドさん達は映像宝珠を構え、歓声をあげている。コーデリアさんまで……。

リチャードと近衛騎士達は封鎖線を敷き、親指を立てるばかり。僕の戦友達は薄情だ。

旅行鞄を浮遊魔法で奥へと運んでいると、駅舎の反対側が騒然としている。

乗車扉を閉める前に入り口から身体《からだ》を半ば覗《のぞ》かせ、僕はリリーさんと顔を見合わせた。

「何かあったんですかね？」「西都発の列車が到着したにしては変ですね～？」

遂《つい》に汽車が動き始め、

『！』

凄《すさ》まじい雷鳴が轟《とどろ》き、ほぼ全員が空へと視線を動かす。

駅舎一帯の耐雷結界は万全……いや、こんな快晴なのに雷だって？

――柔らかな雪風が髪と頬を撫《な》でた。

リサさん、フィアーヌさん、席次持ちのメイドさん達は泰然としているものの、他のメイドさん達や近衛騎士達が動揺を示し――信じられない数の雪華と炎片が舞い踊って光を乱反射させ、目を眩《くら》ませる。

これはステラ、ティナ、リィネの魔法……。

そうか、魔力を感じ取れなかったのはエリーが欺瞞《ぎまん》を。

「むむむ～！　これは──むぎゅ」

リリーさんを自分の背中へと押し込むと、駅舎近くの樹木が一気に枝を伸ばし、近衛《このえ》騎士達の頭上を大きく乗り込えた。

──乗っているのは、白金の薄蒼《あお》髪が印象的な魔杖を持つ姉妹だ。

『兄さん！』『兄様、リリー！』『ご、ごめんなさいっ！！！』

駅舎の屋根にいるカレン、リィネ、エリーの声が風魔法を通して聞こえ、「♪」僕のマフラーを首に巻いたアトラは歌い、踊っている。みんなの魔法が強まっているわけだ。

枝は速度を上げ始めた汽車に追《お》い縋《すが》るも、少しずつ距離を離されていく。

お揃《そろ》いの白い外套《がいとう》と魔法衣を着たティナとステラが、枝の上で立ち上がる。

「先生っ！」「アレン様っ！」

「「受け止めてくださいっ‼」」

そう叫ぶや、二人は空中に身を躍らせた。

僕が受け止めない、という選択肢は想像すらしていない。……仲良し姉妹だな。

風魔法で後押し。浮遊魔法も並行発動させながら困った少女達《たち》を受け止める。

加えて、エリーの植物魔法へ介入。

一気に枝を伸ばして、荷物の旅行鞄《かばん》を汽車内に引き込む。

ティナとステラは僕の腕を強く摑《つか》むと、髪が乱れるのも気にせず顔を出した。

大きく手を振り、停車場へと降り立った妹達に叫ぶ。紫リボンをしていないアトラは何故《なぜ》かロミーさんに抱っこされていた。

「エリー、リィネ、ありがとうっ！」「カレン、アトラ、行ってくるわっ！」

「はひっ！」「貸し一、です！」「ステラ、兄さんの手綱を握ってねっ！」「♪」

＊

アレン達を乗せた東都行きの汽車を部下達と見送り、僕——リチャード・リンスターは、苦笑を零《こぼ》した。

「随分と派手な見送りだ。ま、彼らしくはあるけれど。……皆、見たな？　あの子達の現在の力量を。特に若い者は負けるなよ？」

『……はっ』

古参共が肩を竦《すく》める中、若い近衛騎士達が身体を強張《こわば》らせ短く応じる。無理もない。

カレン嬢の雷に似せた空砲。

ティナ嬢、ステラ嬢、リィネによる合同目眩《めくら》まし。

エリー嬢による圧倒的な静謐性《せいひつせい》による欺瞞と植物魔法。

どれもこれもが、一般的な魔法の水準を超越している。

母上や叔母上に怒られるどころか、抱きしめられている王国の未来を担《にな》う才女達を横目に見つつ、僕は嘆息した。

……アレンがもう少しだけ偉くなる欲を持ってくれれば、全ては丸く収まるのに。リディヤが知ったらどうなることか。いや、シェリル王女殿下もかな？

数少ない年下の親友の欠点について考えていると、空間が揺らいだ。

「くっ！　間に合いませんでしたかっ……」

転移魔法で姿を現した、黒い魔女帽子を被《かぶ》り、アレンの着ている物とよく似た魔法衣を身に着けた少女――テト・ティヘリナ嬢は唇を噛《か》み締め、杖《つえ》の石突きで地面を叩いた。

左肩に乗っているのは、教授の使い魔？　らしい黒猫姿のアンコさんだ。

「やぁ、テト嬢。残念だったね。アレン達ならついさっき出発したよ」

「……リチャード様」

アレンを通じて幾度か顔を合わせたことのある、大学校でも有数の若き大魔法士は魔女帽子のつばを下ろした。妙な緊迫感だ。

「どうしたんだい？　そんな剣呑《けんのん》な顔をして。結局、護衛の子達は――」

「駅の西側にある小路《こうじ》で気絶させられていました。ゾイも、ユーリもですっ！」

「………………はぁ？」

王国最凶魔法士として国の内外で知られる教授と、『剣姫』『剣姫の頭脳』から直接剣技や魔法を学んだ研究生が気絶だって？

実力と性格を考えるとティナ嬢達じゃないな。いったい誰が。

「どういう冗談だい、テト嬢？　護衛の二人は相当な技量だと聞いて――……」

僕の言葉は、アレンの愛弟子《まなでし》である少女の怜悧《れいり》な視線によって途切れた。

……想像以上にまずい事態のようだ。

テト嬢がアンコさんを撫で、早口で指示を出してくる。

「リチャード様、汽車のアレン先輩へ魔法通信をお願い出来ますか？　内容は『護衛二人の合流不可』。先輩ならそれだけで察してくれます。長文だと傍受の危険性もあるので」

「ベルトラン」「はっ！」

東都攻防戦を生き抜いた歴戦の古参近衛騎士は、全てを察し駆けだした。

僕は今すぐにでも行動を開始しそうな、魔女帽子の少女へ予備の通信宝珠を手渡す。

「テト嬢、何かあったら連絡を。母上達には僕から伝えておくよ」

「私は二人を叩《たた》き起《お》こして事情を聴き出します。……ああ、もうっ！　こんな時に限って、教授がいないなんてっ！　ではっ！」

アンコさんが鳴くや、テト嬢の姿が掻き消えた。

通信宝珠が明滅し、近衛騎士団参謀レナウン・ボルの呼び出しを告げる。

西都よりの賓客に何かあったのかもしれない。

冬の風が僕の赤髪を撫でた。

「……ティナ嬢とステラ嬢が汽車に乗り込んだのは、正解だったかもしれないな」

＊

「ふっふっふっ……作戦は大成功ですっ！　先生、褒めてください‼」

「……ティナ、あのですねぇ」

僕は右隣に座る元気一杯な教え子の言葉を受け、自分の眉間を押した。

特別車両に僕達以外の乗客はおらず、椅子は豪華で温度調節も完璧。備え付けの簡易キッチンまで別室にある程。

ただ、ドタバタな出発劇になったお陰で、若い車掌さんには平謝りをしたし、リディヤからは無数の小鳥達が送り込まれた。……大変だったのだ。

僕はティナの隣で寛《くつろ》ぐ、布帽子を外したリリーさんへ目配せ。

薄蒼髪の公女殿下へほんの軽く手刀を落とし、年上使者さんは頬《ほ》っぺたを指で突いた。

「あぅ！　せ、せんせぃ～……リ、リリーさぁん」

「やり方を考えてください、やり方を。……ステラ、説明をお願いします」

左に座り、やや恥ずかしそうな狼聖女様へ話しかける。

その場で立ち上がろうとし、

「は、はいっ！　アレン様を、きゃっ」「あ～！」「む～！」

速度を上げた汽車が大きく揺れ、僕の方に倒れかかってきた。

咄嗟《とっさ》に受け止め、顔を覗き込む。

「大丈夫ですか？　揺れるので気を付けて」

「……あぅ……は、はい……ありがとうございます……」

「こっほんっ！　こっほんっ‼」「アレンさ～ん、今のは審議だと思いますぅ」

ティナがわざとらしく二度も咳払《せきばら》いをし、リリーさんが左手を挙げる。

僕の胸と腕に触れていたステラは身体をビクッとさせると、「わ、わざとじゃありません。……ほ、本当ですっ」と訴え、席に腰かけた。

温度調節魔法で、頰だけでなく首筋まで真っ赤にしたステラの周囲を冷やしていると、無理矢理、乗り込んだ理由を教えてくれる。

「氷曜日の夢にカリーナが出て来て――『優しい狼《おおかみ》さんを独りで行かせちゃ駄目』と」

「同じくです。『氷鶴《ひょうかく》』が【最後の鍵】と共に宝玉と絡繰《からく》りの国へ赴くべし』って！」

「……カリーナと『氷鶴』が？」

僕はまじまじと、ハワード姉妹の顔を見つめた。……この子達が嘘《うそ》を吐《つ》く理由はない。

『宝玉と絡繰りの国』というのは――ララノアのことだろう。数百年前までは宝飾業も盛んだったと聞く。懐《ふところ》から手帳とペンを取りだし、数頁《ページ》を丁寧に破る。

途中の駅で、王都へ報《しら》せておかないと。怒れるハワード公爵殿下が軍用グリフォンで追いかけて来かねない。

僕は固唾《の》を呑んでいる姉妹に判断を伝える。

「……仕方ないですね。天使様と大精霊様相手に文句は言えません」

「先生、私、必ず御力になりますっ！」「アレン様、私も精一杯頑張ります」

僕の言葉を受けて、ティナとステラはお互いの手を合わせた。こうして見ると、やっぱり姉妹なんだな。

「紅茶でも淹《い》れましょうか。ちょっと待っていてください」

「アレンさんっ！　それはメイドである私の役割ですぅ～！」

「リリー公女殿下は使者なので。その恰好《かっこう》だと動き難《にく》いでしょう？」

「グググ……が、外聞を慮《おもんぱか》った選択が、ま、まさか裏目にぃぃぃ～」

メイドを志して努力を積み重ね、実際に僅か五年足らずでリンスター公爵家メイド隊第三席へと到《いた》った紅髪の少女が懊悩《おうのう》する。勝った。

僕はリリーさんをティナとステラに託して、別室の簡易キッチンへと向かった。

ゆっくりと丁寧に、南部侯国産の最上等茶葉が入っているティーポットへお湯を注いでいくと、豊かな香りが狭い室内に広がる。みんなで食べようと、空色屋根のカフェでタルトを買ってきておいて正解だった。

……ゾイとユーリ、大丈夫だったかな。後で何があったか聞いておかないと。

僕が中央駅に姿を現さなかった後輩達のことを考えていると、扉が緊張した様子でノックされ「……王都からです」と若い車掌さんの声がし、御礼《おれい》を言う前に離れていった。

トレイに白磁のティーポットとカップを並べ、割れないように浮遊魔法を発動。

扉に差し込まれた紙片を抜き取る。発信者は——近衛《このえ》騎士団。リチャードか。

**『護衛二人の合流不可。警戒されたし。テト嬢より』**

——ゾイとユーリが合流出来ない。

中央駅で『何かはあった』。現段階で二人から『事情を聴き取れる状況にない』。

詳細を報《しら》せず敢《あ》えての短文。テトは万が一の傍受を警戒した、か。

やり口的に使徒絡《がら》みじゃないだろうけど……厄介事なのは間違いなさそうだな。

紙片を炎魔法で消し、念の為《ため》に光、闇、雷属性の探知魔法を並列発動。

トレイを手に仲良くお喋《しゃべ》り中の少女達の下へ戻り、仰々しく挨拶する。

「お待たせ致しました、御嬢様《おじょうさま》方」

「！　は、はひっ……」

「くぅっ！　ま、まさか……し、執事さん、執事さんなんですかっ⁉　紅茶を淹れるのはメイドの、わ、私の仕事なのにぃぃ～」

ハワード姉妹がぽ～っ、とし、リリーさんが子供のように駄々をこねる。

畳まれていたテーブルを引き出し、トレイを固定。

ティナの隣に座り、カップへ紅茶を注ぐ。

「さて――今回の目的地はララノア共和国ですが、改めて認識合わせをしておきましょう。

ステラ、地図の投影をお願い出来ますか？」

「は、はい」

研究熱心な狼聖女様が左手を翳《かざ》すと、光が空中を駆けた。あっという間に大陸西方の地図が投影される。ノートに書いておいたとはいえ、練習してくれていたようだ。

この子に足りないのは自分自身への信頼だけかな？

棚の上から紙袋を降ろしていると、ステラが上目遣いでおずおずと尋ねてきた。

「えっと……どう、でしょうか？」

黒猫の描かれた紙箱を出し開けると、甘く優しい匂い。水色屋根のカフェ特製タルトだ。

「完璧です。優秀なステラ御嬢様には、一番先にタルトを選ぶ権利を進呈致します」

「あ、ありがとうございます。……えへへ」

ステラは両頬へ細い指を当て、はにかんだ。

輝く雪華が舞い、小さな白い翼がパタパタと羽ばたくのが幻視出来る。

カレン曰《いわ》く――『新学期になってから、ステラの人気は物凄《ものすご》いんです』。

南都や水都では聖女様扱い。今では天使様なのだから、人気が出るのも当然かな？

僕は紅茶を飲んでいる未来の大魔法士様へ指示を出す。

「では──次にティナ。ララノアの概略史について、説明をお願いします」

「はーい」

テーブルにカップを置き、意気揚々とティナは指で地図に触れた。

北方の大国をなぞっていく。

「王国から見て東北部に位置し、大陸最大の塩湖『四英海《しえいかい》』の先にあるララノア共和国は元々ユースティン帝国の一部でした」

大陸において『帝国』を名乗る国は多くない。ユースティンと南西部の老帝国くらいだろう。両国は、かつて世界を統一した旧帝国の後継を自称。今日まで続いている。

ティナの指が四英海を越え、停止した。

「ですが──今から約百年前、東部の貴族達《たち》が叛乱《はんらん》を起こし、独立。その際、光属性極致魔法『光神鹿《こうじんろく》』を以《もっ》て建国の英雄となったのがアディソン侯爵です。歴史的背景もあって、西部国境では『陥城』率いるユースティン帝国主力軍との小競《こぜ》り合《あ》いが絶えません。聖霊教を信奉する東方諸国家とも時に手を結び、時に敵対する関係性です」

ここまで一気に言い切ると、薄蒼《あお》髪の少女は紅茶を飲んだ。

――ティナ・ハワードの才はリディヤ・リンスターに匹敵し得る。

「ララノアは、『共和国』を謳《うた》っていますが……実際のところアディソン家率いる『光翼党《こうよくとう》』が常に政治を行い、国家元首も侯爵の世襲となっています。ただし、建国戦争以後、侯爵家の武威自体は少しずつ衰え、『光神鹿』の使い手は絶えた、と」

この子達に接していると忘れがちになってしまうが、世界全体を見れば魔法は衰退しつつある。今まで経験した事柄から……僕《ぼく》等《ら》が大樹と呼んでいる『世界樹の若木』。そして、アトラ達『八大精霊』の力が弱まったことに要因があるのだろう。

リディヤ、カレン、教え子達の魔法が向上を続け、僕を除き魔力量も増大している理由は不明だけれど……。

ティナの指がララノア共和国南部の都市を叩いた。

「産業面では魔道具製作が盛んで、首府である工房都市――通称『工都《こうと》』は国の内外にも広く知られています。魔銃を復活させたのもララノアの職人達です。首府を東西に分けている世界最大の大鉄橋、建国記念府、大時計塔。独立戦争時の最終決戦地となった旧都が特に有名ですね。お菓子作りもっ！　先生、これでどうですか？」

薄蒼の前髪が左右に揺れ、窓からの陽光で煌《きら》めいた。頭を軽く下げ、称賛する。

「御見事です。ティナ・ハワード公女殿下にもタルトを進呈致しましょう」

「やったぁっ！　ど・れ・にしよう――」「美味そうだの。私にも選ばせてくれぬか？」

「……え？」「「「？」」」

唐突に――知らない少女の声が耳朶《じだ》を打った。

視線を走らせると、通路にいたのは長い白銀髪の先を黒と蒼のリボンで軽く二つ結びにした、雪のように白い肌の美少女。恐ろしく華奢《きゃしゃ》でティナよりも背が低い。

着ている外套《がいとう》と服は白と淡い翡翠《ひすい》基調で、上質なエルフ族の民族衣装。

だが、耳は長くない。床には白猫がちょこんと座っている。

……三属性の探知魔法に引っかからなかっただって？

訝《いぶか》し気《げ》に僕達が見つめていると、美少女は白猫を抱きかかえた。

「これ、そのように皆で顔を見るでない。照れてしまうではないか」

「えーっと……君は？」

敵意は一切感じない。魔力も。けど――油断は禁物だ。

リリーさんへ指で合図を送り、密《ひそ》かに魔法を準備する。

少女は一切臆した様子を見せない。

「いやなに――『西都を出て、まず王都。その後は旧神都《しんと》を経由し、ララノアへ向かう』と聞かされておったのだが、王都の駅で連れと逸《はぐ》れてしまっての。もしや、と思い、最後尾のここまで来てみたのだが……おらなんだ」

面白がっているような、困っているような。

……東都のことを『旧神都』と呼ぶなんて、外観よりも年齢は上なのかも？

物怖《ものお》じしないティナが手を叩《たた》いた。

「ああ──つまり、貴女《あなた》は迷子なんですね？」

「ぬ、ぬぅっ！　げ、言語化されると、少々来るものがあるの」

白猫が腕から抜け出し、僕の膝上に跳び降り丸くなる。警戒心がない子だな。

美少女はティナの言葉にたじろぐも、すぐ不敵に微笑《ほほえ》んだ。

「要は、だ──ラランノアについて説明すれば、その菓子を選べるのであろう？　私も参加させてくれ！　腹も空いたし、喉も渇いた。か弱き少女を見捨てても良い事はないぞ？」

「先生？」「アレン様？」「アレンさん、私は構わないですよぉ～？」

ティナ達が僕に判断を委ねてきた。リリーさんも警戒を解いたようだ。

右手の腕輪と指輪を見るも反応無し。白猫を撫《な》でると、ゴロゴロと喉を鳴らした。

「……分かりました。一先《ひとま》ず名前を教えてください」

「ああ、敬語は止《や》めよ。堅苦しいのは辟易《へきえき》しておるのだ。名か……そうだの」

美少女が考え込む。本名を言うのは憚《はばか》られる、か。

推察するに——この子は西方長命種の一族。それも、相応の地位にある方の娘さんなのだろう。エルフやドワーフ、竜人ではないようなので、混血なのかもしれない。今の時期にララノアへ出向く話は聞かされていないものの、秘密の計画が動いても不思議じゃない。駅が騒がしかったのも関係しているのかも？

美少女は小さな手を鳴らした。

「うむ！　私のことはリルと呼ぶがよい。そやつはキフネ。よろしく頼む」

予備のカップを温度調節魔法で温め、紅茶を注ぐ。

リリーさんの隣を示し名乗る。

「それじゃ、リル、説明の補足を頼めるかな？　ああ、僕は狼《おおかみ》族のアレンだよ」

「うむ。私に万事任せておくがよい。こう見えても、多少は物を知っておるのだ」

＊

汽車は予定通り、翌日午後に王国東方の要である東都——通称『森の都』に到着した。

天気は快晴で、空気は清らかだ。

先《ま》ず僕が先頭を切って木造の駅へ。浮遊魔法でみんなの荷物を移動させていると、まばらな乗客達が駅舎の方へ歩いて行く。

次に布帽子を被《かぶ》り、ドレス姿で動き難《にく》い紅髪の公女殿下へ手を伸ばす。

「リリー御嬢様、御手を」

「は～い、アレンさん。ふふふ、役得ですね～♪」

今朝は普段の服装だったのに、しっかりと着替えた年上少女はそっと僕の手を握り、停車場に降り立った。背後には東都の象徴、聳《そび》え立《た》つ大樹。

蒼翠《そうすい》グリフォンの群れが飛んでいる。

嗚呼《ああ》！　帰って来たんだなぁ。

感傷に浸っていると、白猫のキフネさんが右肩に登ってきて、鳴いた。

……いけない、いけない。休暇で東都へ来たわけじゃないのだ。

僕が出迎えの人を探していると、王立学校の制服制帽姿で魔杖《まじょう》を背負ったティナと、ティナに私服を借りたリルが降りてきた。極々自然に両隣へ。

「ふむふむ……雪降る地でも、温室を用いて野菜や果実、植物を栽培するとは。ティナは賢いのだな。歳《とし》の割にチビッ子だが。ステラとは大分……」

「チビッ子は余計です、リル！　あと、貴女の方が背は低いですっ‼　……朝食の時、ちゃっかり先生の隣を確保していましたねっ⁉」

「ふっ……言うではないか。私を責め立てる者など、久しくおらなんだぞ？」

この二人、すっかり仲良しだ。

元々ティナはとても良い子だし、リルも言葉遣いは古めかしく、妙に歴史について詳しい不思議な子だけれど悪い子じゃない。昨日話してくれた、古い古い時代のララノアにいたという【龍】の伝承や、途中脱線した大魔法の与太話はとても面白かった。

『始まりは勇者の天雷』『蘇生《そせい》は知らぬ』『炎属性大魔法はララノアに』『土属性大魔法は隠された』『魔王が風属性大魔法を保持』『氷属性大魔法は存在しない。星約《せいやく》外れだ』『炎滅《えんめつ》』『震陣《しんじん》』『絶風《ぜっぷう》』の在処《ありか》は初めて聞いたけど、真実かを確かめる術《すべ》はない。

探知魔法に引っかからなかったのもよく分からない……本当に何者なんだろう。

キフネさんの分も汽車の乗車券は持っていたし、う～ん。

考えつつも制服制帽姿のステラの手を取り、停車場へ降ろしていると、

「アレン先輩っ！」

懐《なつ》かしい声と足音がし、僕は破顔した。

薄い金色の髪をやや長めに伸ばし、前髪の一部が薄紫で、魔法士姿の長身美男子――オ

ルグレン公爵家四男坊にして僕とリディヤの後輩、現在は公爵代理を務めるギル・オルグレンが黒髪で男装をしたメイドさんを従えて駆け寄って来る。

「やぁ、ギル。元気そうで何より。コノハさん、スイの結婚式ぶりですね」

「元気じゃねーっすよぉ。来春、王都に帰れるかどうか」「…………」

近くへやって来た僕の裏工作で、近衛入りが決まっているギルは大袈裟《おおげさ》な動作で愚痴を零《こぼ》し、つい先日王都で顔を合わせたコノハさんは黙礼した。

リリーさんとステラへ「少しティナ達を。キフネさんも！」とお願いをして、僕はギルと近くのベンチへ腰かける。コノハさんが静音魔法を発動させた。

グラント、グレッグ、グレゴリー――三人の兄達が『表』の首謀者となった叛乱に巻き込まれ、以降は公爵代理として軍を率いる後輩へ問う。

「東部国境の情勢は？」

「ここ最近は聖霊騎士達も大人しくなったんで、順繰りに部隊を東都へ下げて、交代で休養を与えてるんす。俺は断ってたんすけど、元『大騎士』様達が五月蠅《うるさ》くて……」

オルグレンの双翼――ハーグ・ハークレイとヘイグ・ヘイデンは、叛乱に関与した罪で『大騎士』称号を剝奪されたものの、戦傷も癒えた後、戦線に復帰しギルを支えている。

「それはハークレイ様達が正しいよ。……ギド老公の御容態は？」

ギルの父上、ギド・オルグレン老公爵殿下は、長子たるグラント・オルグレンによって毒を盛られ、一時危ない状態にあった。

公爵家を潰す覚悟で聖霊教と繋《つな》がっていた貴族守旧派の一掃を謀《はか》った、真の愛国者だ。

後輩が真面目な表情になり、軽く頭を下げた。

「お陰様で命に別状はもうないです。ただ、会話は出来たり、出来なかったりで。グラントの奴《やつ》が言ってたんすけど、聖霊教由来の毒らしくて……。前に少しだけ話せた時は『アレン殿に直接伝えたいことがある』と言っていました」

「──……機会があれば、ね」

本来、僕は四大公爵殿下と直接会話出来る立場じゃない。老公に会うのも、ギルを通しての方が無難だろう。

楽しそうなティナ達を見つめていると、後輩が苛々《いらいら》した様子で頭を掻《か》いた。

「本当に、ゾイ達は来てないんすね。……行方不明だった、グレゴリーと従者のイトも工都で目撃されたと聞いてます。アレン先輩、ここは代わりに俺が同行」

「却下」

「せ、せめて、最後まで言わせてほしいっすっ！」

先の叛乱《はんらん》時、裏で手を引く偽《にせ》聖女によって完全な道化にされてしまった、オルグレン公爵家三男グレゴリーと女従者のイトはララノアで目撃されたらしい。

でも、公爵代理が異国の地へ出向くのは駄目だ。人にはそれぞれ役割がある。

僕の目を見て、不貞腐《ふてくさ》れたようにギルが零す。

「……ティナさんとステラさんはどうするんすか？　王都のハワード公からは『**絶対に、東都に留め置け！**』と、魔法通信が矢のように入ってますけど」

「事情は途中の駅で送っておいたんだけどな……。連れていくよ。返信文面はこれで」

今朝方、書いておいた紙片をギルへ手渡す。

『**天使と大精霊の忠告につき、王女殿下専属調査官の判断で両名を護衛役として任用す**』

こう書いておけば、王都へ戻った後、罰を受けるのは僕だけになる……筈《はず》だ。

シェリルを巻き込んだら『ごめん……辞職するね』と謝ろう。そうなってほしい。

先日の変事は耳に入ってるのか、ギルは天使について何も聞いてこず、ニヤリとした。

「は～剛毅《ごうき》っすねぇ！　『公女殿下』二人を護衛役にするなんて……大陸中見渡してもアレン先輩くらいっすよ？　あ、使者のリリーさんを含めれば三人っすね！　王都に帰った後、リディヤ先輩に拉致されるかも？　今度は南方島嶼諸国《なんぽうとうしょしょこく》っすかねぇ？」

……ほぉ？　そっちがその気なら、僕にだって考えがあるっ！

深刻そうに考え込む。

「ギル、僕の口は意外に軽くてね。スイの結婚式の前、君が僕へ『コノハをよろしくお願いします』と手紙を送ってきたのを公表しても――」

「だぁぁぁっ！！！！！」「⁉　ギ、ギル様が……？」

美男子の後輩は大声を発し、冷静沈着な男装メイドさんが激しく動揺する。

次はテトとイェンの結婚式かと思っていたけど、ギル達《たち》の方が早いのかもしれない。

「偶《たま》には素直になるのも悪くないよ？　明日の準備もよろしく」

後輩の肩を叩いて立ち上がり、僕は静音魔法を解除した。

東都からは、軍用グリフォンで四英海《しえいかい》まで移動しなくてはならない。

……実家に顔を出す暇はないかも。

「アレン～♪」『！』

柔らかい呼びかけに僕だけでなく、ティナ達の間にも強い緊張が走った。

手を振り、小柄な狼族の女性――母のエリンがこっちへ歩いて来る。

カレンと同じ灰銀色の耳と尻尾。髪は肩程で背丈はティナやリルと左程変わらず、恐ろしく若作り。東都旧市街の獣人族がよく着ている着物に、今日は外套《がいとう》姿だ。

「か、母さんっ⁉　な、何で……どうしてっ！」

「親切なギル君に教えてもらったの」

ギル・オルグレンっ！！！！

ベンチに座る後輩を睨《にら》みつけるも口笛を吹くばかり。お、おのれ……。

そんな僕の前へ回り込み、母さんは無言で両手を広げた。抱き着き魔なのだ！

「い、いやあの……テ、ティナ達もいるし、人前では」

「ぎゅー。……おかえりなさい。まったく！　帰って来るなら報《しら》せてちょうだい‼」

「……………ただいま」

心配そうな瞳に屈し、抱きしめられる。この人に僕とカレンは勝てない。

ティナ達の視線を背中に感じていると、母さんは歌うように続けた。

「うふふ～♪　……少し痩せた？　忙しくてもちゃんと食べなきゃダメよ？　リディヤちゃんやカレンによくよく伝えておくわね」

「……最近忙しかっただけだよ。父さんは？」

腕利《うでき》きの魔道具職人である父の姿は見えない。工房だろうか？

母さんが離れ、嬉《うれ》しそうに両手を合わせた。

「ナタンはオルグレン公爵の別邸で待っているわぁ」

「オルグレンの？　……ギル？」

再び後輩を睨みつける。そんな話は聞いていない！

すると、公爵代理は足を組んで頭を振った。

「後輩からの細やかな心配りっすっ！　あとっすねぇ——いい加減、アレン先輩は御自身の立場を理解してくださいっす。獣人街に入ったが最後、三日三晩は大宴会っすよ？　先輩は東都を救った英雄なんすから」

「…………そんな、ことは」

視線を逸《そ》らすと、ティナとリリーさんが大きく頷《うなず》いていた。リルとキフネさんまでも真似《まね》をしている。……うぅ。

僕が黄昏《たそがれ》ていると、緊張した面持ちの狼《おおかみ》聖女様が母さんに話しかけた。

「お、お義母様《かあさま》、ステラです。また御会い出来て本当に嬉しいです」

「まぁまぁ……ステラちゃん、綺麗《きれい》になって。私もよぉ。ぎゅー！」

母さんがステラを抱きしめ、公女殿下も嬉しそうに抱きしめ返す。

……貴族守旧派が見たら、卒倒しそうな光景だな。

「お、御姉様、そろそろ代わってください！」

ティナがステラに近づき、袖を引っ張った。夏季休暇の際、母さんは僕の教え子達に大人気だったのだ。

大人な狼聖女様はそっと離れ、そのまま僕の隣へ。母さんが小首を傾《かし》げる。

「ティナちゃんは～……ちょっとだけ背が縮んだかしらぁ？」

「お、お義母様っ！　酷《ひど》いですっ‼」

「うふふ～可愛《かわ》いくて、つい。許してほしいわぁ。ぎゅー」

不満そうにしつつもティナは抱きしめられると、すぐに表情を綻ばせた。

リディヤもそうだけど、母さんの前ではみんな形無しだ。

布帽子を外し、リリーさんが意気込む。

「さ、次は私の番――」「リリーさんはドレスが皺《しわ》になるので却下です」

「なぁぁぁっ⁉」

僕の一言に、年上メイドさんがこの世の絶望かのような顔になり、キフネさんを抱きかかえ背中に顔を埋めた。……貴女《あなた》、曲がりなりにも使者ですし。

ティナの頭を撫《な》で終えた母さんが今度は、呆《あき》れた表情の美少女を捕捉した。

「アレン、そっちのとっても綺麗な子はどなたかしら？　新しい教え子さん？？」

「迷子のリルだよ。汽車の中で出会ってね」

この間も魔力を探っていたけれど、違和感は無い。キフネさんも同様だ。

僕の紹介にリルが憤慨し、その場で地団駄を踏む。

「ぬ、ぬぅ……私をチビッ子呼ばわりする教え子にして、この師ありか！　か弱き女子を虐《いじ》めるとは許し難《がた》い、許し難いぞ、狼族のアレンっ‼」

「でも、事実だよ？」「事実です」「え、えーっと……」「事実ですねぇ」

「グヌヌ………」

僕達全員を敵にし、自称『自分でも何族か分からんっ！』な美少女は唸《うな》った。

対して母さんは得心した様子で、音もなく距離を詰める。

「リルちゃん……古《いにしえ》の大魔法士様の御名前ねぇ。とっても良い御名前だわぁ。ぎゅー」

「！　よもや、知る者が――くっ、わ、私を抱きしめるでないっ‼　は～な～せ～！」

「うふふふ～♪」

小柄な美少女を容赦なく抱きしめ、撫で回す。母さんには誰も勝てないのだ。

ギルがベンチを立ち、左腰に手をやった。

「アレン先輩、重ねて言います。今晩はうちの別邸で過ごしてくださいっす。ナタンさんも待っていますし、とびきりの料理を用意してあるんで」

＊

その日の晩。オルグレン別邸の一室。

窓の外に月光を浴びる大樹を時折眺めながら、僕は王都宛の書簡を書いていた。テーブルの上では白猫のキフネさんが丸くなっている。魔力灯《とう》が暖かいのかもしれない。

さっきまで、明日以降の打ち合わせをしていたティナ達は別室で就寝中。

豪勢な食材を用いた、母さんと父さんの料理をお腹《なか》一杯食べ、ゆっくりと入浴したことで長旅の疲れが出たのだろう。

『せんせぃ～……はこんでくださぃ』『アレンさまぁ……』

寝ぼけながらも、ベッドまでの運搬を要求する寝間着姿のハワード姉妹は愛らしかった。王都だったら、メイドさん達が大はしゃぎしていたと思う。

不思議な同行者となった白銀髪の美少女は、ギルを通じて保護者さん？　を探してもらっている。すぐに見つかると……いや、どうかな？

少女の持っていた乗車券は、購入する際に一々名前の確認なんかしない三等車のものだった。席だって自由。調査は案外と難航するかもしれない。

ララノアへ連れては行けないし、ギルに後事を託すしかなさそうだ。

テーブルに置いた、夕食後にワルター様から届いた通信紙へ目をやる。

**『シェリル・ウェインライト王女殿下直属調査官　狼族のアレン殿**

そちらの事情は理解した。

二人を止めはせぬし、日程の変更をせずとも良い。国の大事だ。

が……納得は出来ぬ。詳細報告を急ぎ求める。

追伸
重々分かっていると思うが、娘達はまだ幼い。……幼いのだ。
もしも――いや、何も言うまい。王都にて待つ。

ワルター・ハワード』

正しい反応だ。

ワルター様の溺愛を抜きにしても、ティナとステラがララノア随行に理はない。

「だけど、相手がなぁ……」

自然と独白が洩《も》れる。

『氷鶴《ひょうかく》』とカリーナは人智《じんち》を遥《はる》かに超えた存在だ。何かしらの理由がある。髪飾りも持ってきてしまったようだし……。

誠心誠意、ワルター様には僕の考えを書いておいた。後は王都へ帰ってからだ。

書簡を封筒に入れて閉じ、次の紙を取り出す。

今晩中に全員へ書きたいけれど、まずは心配性なリディヤとカレン。それとフェリシアに【龍】の伝承についての調査依頼を。

僕はペンを取り、書き始めようとし――入り口の扉が丁寧にノックされた。

「アレン、入ってもいいかい？」

「父さん？　うん」

重厚な扉が開き、部屋に入って来たのは、背が高く眼鏡をかけた狼族の男性――父のナタンだった。さっき回収した僕の懐中時計を弄《いじ》っていたのか、エプロンを身に着けている。

右手にはワインの瓶と小さな布袋にグラスは二つ。あ、なるほど。

書簡類を片付けて、傍《そば》にあった椅子を設置する。

キフネさんは……尻尾を動かし、移動を拒否。アンコさんみたいだな。

その間に父さんは扉を閉め、テーブルへワイン瓶と豆入り布袋を置き、腰かけた。

印刷されているラベルには見たこともない紋様。東都産ではなさそうだ。

「僕達の生まれ故郷のワインなんだ。エリンには内緒だよ？　怒られてしまう」

「了解です」

僕に話したいことがあるらしい。

ワインのコルクをナイフで開けると、とても芳醇《ほうじゅん》で、同時に——懐《なつ》かしい匂いがした。

変な話だな。僕は父さんと母さんの故郷が何処《どこ》かも知らないのに。

グラスへ濃い紅の液体を注ぎ、

「乾杯」

硝子《ガラス》のぶつかる、カラン、という気持ちの良い音。

そのまま、ワインを一口飲み——感動の呟《つぶや》きを漏らす。

「これ、美味《おい》しいね」

「気に入ってくれたのなら良かった。でもまさか、オルグレン公爵家の屋敷《やしき》に自分が来るとは思わなかったよ」

「後輩が……その、ごめんなさい」

笑い合った後、部屋の中に沈黙が降りる。

父さんは決して雄弁な人じゃないし、僕自身も話さなくても大丈夫な性分だ。

ワインを傾け、母さんの炒《い》ってくれた豆を食べていると、

「アレン」

傷だらけの、だけど温かい手が伸びてきて、僕の頭へ。くすぐったい。

「と、父さん？　いきなりどうしたのさ？」

「いや、なに……」

手を引いた父さんは眼鏡を外し、目元の涙を拭った。

――幼い頃にも注がれた穏やかな視線。

「あんなに小さく、エリンや僕の腕の中で泣いていた君が……手紙が届く度、東都へ帰って来る度、どんどん立派になっていく。アレン、何回だって、何十回だって、何百回だって言う。君は僕とエリンの誇りだよ」

「父さん……」

胸が詰まり、視界が滲《にじ》んだので慌てて涙をシャツの袖で拭う。

父さんも母さんも血が繋《つな》がっていない僕を、幼い頃からずっと、ずっと！　心から愛し、慈《いつく》しみ、絶対の味方でいてくれる。

そのことは僕にとっても心の支えであり、先行きを照らしてくれる灯火だった。

僕も関わっている人達《たち》へ、少しでも僕が得たものを渡せていれば良いのだけれど。

父が真っすぐ僕を見つめた。

「だからこそ、君にどうしても伝えておきたい」

僕も居住まいを正し、強い視線を受け止める。

重い息を吐き、父さんは沈痛な顔になった。手の眼鏡が軋《きし》む。

「アレン——君は、今や王国の偉い方々から将来を強く嘱望されている。多くの人々に慕われ、多くの重責を担《にな》っていくんだろう。……もう『英雄』と言っていい」

「…………」

以前、父に伝えられた言葉を鮮明に思い出す。

『英雄になんか、ならなくていい。なる必要はないっ！』

表情に寂寥《せきりょう》を滲ませ、東都獣人族で誰よりも碩学《せきがく》な父は窓の外を見つめた。

「『英雄』はね……自分の力でなるものじゃないんだ。人々の願い、望みによって、時代に生まれ落ちる存在なんだよ。けれど——君は優しい。優し過ぎる。地位が上がれば上がる程、多くのことが出来るようになればなる程……世界は君を圧《お》し潰そうとし、酷《ひど》く苦しめるだろう。『僕がもっと上手《うま》くやれていたらっ！』と。ああ……分かっているさ。君を助けてくれる人達も大勢いる。リディヤ公女殿下やティナ公女殿下も僕と約束をしてくれた。だが……だがね、アレン」

魔力灯が揺らぎ、父の顔を暗くした。

闇の中で双眸《そうぼう》が鋭い光を放ち、僕を貫く。

「僕は君の父親だ。歴史を……英雄達の悲壮な死に様を知っている。『流星』も『銀狼《ぎんろう》』もそうだった。──いいかい、アレン？　本当に危なくなったら逃げるんだ。臆病者、敗北者、卑怯《ひきょう》者と罵られようが死んではいけない……死んではいけないんだっ。なに、今度は家族四人で大陸中を旅するのも悪くないさ」

「…………っ」

咄嗟《とっさ》に言葉が出て来ず、歯を食い縛る。

父さんと母さんに、今回の任務について話していないし、ゼルのことも伝えていない。でも……きっと隠し事なんか出来ないのだ。

今の言葉は──

『いざとなったら、王国全土、たとえこの世界全体から排斥されたとしても、僕とエリンは構わない。王国の未来なんかよりも、君の方がずっと大事だ』

という、信じられない位の愛情表明に他ならない。

……やっぱり僕は、父さんと母さんに拾われた段階で幸運を半ば使ってしまって、カレンが妹になったことで、使い切ってしまったんだな。リディヤには会えただろうし。

勝手に流れ落ちる涙を手で押さえ、辛《かろ》うじて応じる。

「…………それは、凄《すご》く楽しそうだね」

「楽しいさ。とても、大変だったけど――未《いま》だに旅した場所の風景、空気、出会った人々を覚えているよ。今度ゆっくりと話そう。僕とエリンの故郷の話もしたいんだ」

父はグラスのワインを飲み干すと、「……星猫さんとは珍しい」と呟き、キフネさんを撫《な》で立ち上がった。眼鏡をかけそのまま歩いていき、窓硝子に触れる。

「きっとこれは古い考えだ。でも、僕は……僕はね、アレン？　死ぬのなら歳《とし》の順番であってほしい。今や君は恐ろしく多くのものを背負っている。そして、その一部は……」

振り返った父の顔には苦渋。

……こんな顔、見たくない。させたくも。

「僕とエリンが背負わせてしまったものでもある。時折思うんだ。君が『姓無し』でなければ今頃どれ程、先へ行けたのか、と……」

「父さん」

僕は椅子を倒すのも構わず、立ち上がった。キフネさんが抗議の鳴き声をあげる。

構わず右手を強く心臓に押し付け、何度も何度も首を振る。

「そんなこと……そんなことはないよ。僕は狼《おおかみ》族のナタン、エリンの子、アレンだ！『流星』『水竜の御遣い』『王女殿下付専属調査官』――色々言われても、僕は……僕は」

「……アレン」

顔を伏せると、涙が落下し絨毯《じゅうたん》を濡《ぬ》らした。

右肩に大きな手の温《ぬく》もりを感じ、顔を上げて無理矢理笑う。

「大丈夫だよ、父さん。今の僕は一人じゃない。親不孝者にもなりたくないし、強い相手と遭遇したら逃げることにも躊躇《ちゅうちょ》はないんだ――約束します」

父は黙って何度か頷《うなず》くと僕の肩を数回強く叩《たた》き、柔らかい表情になった。

「……ありがとう、アレン。そろそろ僕は寝るよ。エリンに気付かれてしまう。ワインは飲んでしまっていい。残り二本は君とカレンの結婚式用なんだ」

「証拠隠滅、任されました」

「任せたよ」

右肩に重み。キフネさんが跳び乗って来たのだ。そこで、はたと気づく。

以前、東都に滞在した際、レティ様の模擬戦で起きた出来事。

「父さん、一つだけ。昔、母さんが会って、『歌』を教えてもらったっていう、半妖精族の魔法士さんがどういう人だったか覚えている？」

扉の前で父さんが立ち止まった。

暫《しば》しの沈黙後、肩越しに僕へ教えてくれる。

「とても良い人だったよ。……少し変わっていたけれど。『人』を探して大陸中を巡っている、と言っていたね。昔、手酷《てひど》く裏切られた、とも。おやすみ――アレン」

「おやすみなさい――父さん」

＊

「先生、準備万端ですっ！」「アレン様、良い天気です」

翌日の早朝。

朝露に濡れる別邸の内庭では、旅行鞄《かばん》を軍用グリフォンへ早くも積み終え、ティナとステラが僕を待っていた。

お揃《そろ》いのケープに白の魔法衣までは昨日と一緒だが、ステラは腰に片手剣と短杖《たんじょう》を提げている。『いざ、という時まで魔杖《まじょう》は温存する』と昨晩決めたのだ。

あの魔杖……元からの性能に加え、カリーナが力を貸してくれたのか威力があり過ぎる。

蒼翠《そうすい》グリフォンが一切寄り付かないのもそこに原因があるのかもしれない。

「むぅ～……ドレスは綺麗《きれい》なんですけど、やっぱり私はメイド服の方がぁ…………」

「ふわぁぁぁ……もう、しゅっぱつ、するのかぁ？」

少し遅れて、布帽子とドレスに不満たらたらのリリーさん。眠そうに目を擦る、コノハさんが持ち込んだ長袖長ズボンと外套《がいとう》姿のリルが出て来た。

僕の右肩が気に入ったのか、朝からずっと乗っている白猫さんを撫で、寝癖をつけた白銀髪の美少女の名を呼ぶ。

「リル、君はキフネさんと東都に――」「アレン先輩、……ちょっと。ちょっと」

軍服姿のギルが駆けこんで来るや、僕の左袖を引っ張った。……何さ？

少女達と離れ、一旦屋敷内へ。

コノハさんも姿を見せ、幾重もの静音魔法と探知魔法を張り巡らせた。

表情を強張《こわば》らせたギルが通信紙を差し出してくる。

「王都の陛下からです。リル嬢の件で」

「……はぁっ？」

惚《ほう》けた声が出てしまう。

陛下って……国王陛下⁉

混乱するも、内容を素早く確認する。

**『リルという少女の同行を特例にて認める』**

**『任務後、少女と共に王都へ帰還するべし』**

『なお——本件における質問は一切認めず』

……………どういうことだ？

目の前の後輩へ目配せするも「分からないっす。……アレン先輩、この局面で天性の年下殺しを発動しなくても」帰って来たら研究室の査問会議にかけよう。

ギルの額を指で打ち悶絶《もんぜつ》させ、僕は内庭へと戻る。

「ステラ、ティナを。リルは僕のグリフォンに乗ってください。リリーさんのグリフォンを前後で挟みます」

「はいっ！」「リルも？」「私は一人で乗れるぞ？」「む～守られるのも悪くは……」

それぞれ反応を示し、グリフォンへ。

屋敷《やしき》からニコニコ顔の母さんが走ってきた。後ろには父さんも。

布に包まれた大きな籐箱《とうばこ》を渡される。

「アレン、はい、お弁当！」

「ありがとう。——……母さん？」

受け取ろうとすると、手を握り締められる。瞳は涙で潤んでいた。

「気を付けてね。怪我《けが》しちゃ駄目よ？」

「——はい」

「なら……いいわぁ。行ってらっしゃい。ティナちゃん達にお菓子を渡して来るわね」

離れていく小さな背中に想《おも》う。親不孝者にはなるまい。

改めて決意を固め、今度は父さんに懐中時計を渡される。

「守りの魔札を入れ換えておいた。昔話の約束、忘れないでおくれ」

「必ず」

頷き合い、僕は踵《きびす》を返《かえ》す。

国境ギリギリまでついて来てくれるギルとコノハさんに目配せをし、別れの挨拶を終えた少女達《たち》へ伝達する。

「では、行きましょう——『四英海《しえいかい》』へ！」

「「はいっ！」」「懐《なつ》かしいの。愉《たの》しみだ」

# 第3章

「つまり……テト、貴女《あなた》はこう言いたいのね？　不思議な白猫を追って王都中央駅の小路《こうじ》に入ったら、ゾイとユーリ、どちらとも魔法を使う間もなく昏倒《こんとう》させられた挙句」

「東都行きの乗車券と護衛内容のメモを奪われ、気付いた時にはベンチで寝ていた、と」

王都王宮の一室に静かな問いが反響しました。

ソファーに座る剣士服と白いドレス姿の美少女達――リディヤ・リンスター公女殿下とシェリル・ウェインライト王女殿下の視線はお世辞にも温かいとは言えません。

「え、えーっと……ですね、そ、その………」

私――一介の大学校生なのに、何故《なぜ》かこんな場所に招かれてしまったテト・ティヘリナは口籠り、視線を逸《そ》らしました。

暖炉前で白狼のシフォンさんのお腹《なか》を枕にアンコさんと一緒に寝ている、八大精霊の一柱『炎麟《えんりん》』だという寝間着のリアちゃんが獣耳と尻尾を動かしました。あ、可愛いー。

「テト」「テトさん」

リディヤ先輩とシェリル王女殿下の呼びかけで、現実に引き戻されます。……うぅ。

魔女帽子のつばを下げ、魔法衣の皺《しわ》も伸ばして返答。

「はい。二人にはそう聞いています……」

私が王宮にこうして呼び出されている理由は単純です。

三日前、教授の研究室から選抜され使者様とアレン先輩を護衛し、ララノア共和国へ行く予定だった、ゾイ・ゾルンホーヘェンとユーリが中央駅で犯した大失態について、現状で分かったことを報告する為《ため》です。本人達は酷《ひど》く落ち込み、高熱を出して寝込んでいます。

……はぁ、イェンがいてくれれば。近衛《このえ》騎士の任官試験なので仕方ないですけど。

私は同棲《どうせい》相手の男の子を心の内で詰《なじ》り、冷雨が降る窓の外を見つめました。

目の前に剣と杖《つえ》の柄が描かれた、白磁のカップが置かれます。

「テトさん、侯国連合の紅茶なの。冷めない内に飲んで。二人は襲撃者を見たのよね？」

「あ、ありがとうございます」
シ、シェリル王女殿下が手ずから⁉
次期女王陛下の淹《い》れてくださった紅茶に動揺しないわけもなく……。

「そ、それが、その……背丈が小さかった、としか。魔力の痕跡も研究生総出で探ったんですが、一切残っていませんでした。目撃者もいません」

「「…………」」

窓硝子《ガラス》を冷たい雨風が叩く音。

ち、沈黙が……沈黙が怖いです。ア、アレン先輩、助けてくださいっ！

王女殿下が長い脚を組み、紅髪の剣姫様へ質問されます。

「リディヤ、どういうこと？　襲撃者すら特定出来ないなんて……」

「二人の実力は十分よ。あいつも私も、そう判断しているわ」

リディヤ先輩は脇に積まれている報告書や書物の中から、表紙に髪の長い女の子が描かれた冊子を手に取りました。頁《ページ》をパラパラと捲《めく》りながら、冷静に評価を口にされます。

「ゾイ・ゾルンホーヘェンは不器用な性格の子だけど、今すぐにでも王族護衛官になれる。シェリル、あんたなら『姓』で察するでしょう？　易々《やすやす》と倒される子じゃないわ」

「……それは、そうかもしれないけど」

金髪の王女様が、少しだけ厳しい顔になられました。

エルフ族のゾイは『出来が悪くて』辺境伯家を勘当されたと言っていましたが……。

「ユーリは、研究室内でテトに次いで努力を積み重ねている子よ。そうでなければ、南都の孤児院出身でしかも『姓無し』が、大学校に返済不要の奨学金付きで入れはしない」

「ユーリさんの話は、私もアレンに聞いたことがあるわ。貴女が支援している南都の孤児院出身なのよね？」

「……私じゃないわ。あいつの話を全部信じるの、止《や》めなさいよ」

紅髪の公女殿下は憮然《ぶぜん》となり、冊子——女の子の髪型を集めた画集を捲りました。

なるほど、アレン先輩絡《がら》みですね。

「とにかく、ユーリはあいつを仰ぎ見ている。警戒を怠ったとは思えない」

「……………アレンを尊敬しているのなら、そうでしょうね」

王女殿下も不承不承頷《うなず》かれます。私も同意見です。——ですが。

勇気を振り絞り、胸に手をやって抗議します。

「リディヤ先輩、異議がありますっ！　確かにアレン先輩に魔法を習いました。真似《まね》だってしてきました。ですが、だからといって私を一般人じゃないように話されるのは」

「問題はそんなゾイとユーリが何も出来ず、それどころか顔すら見れず、一方的に昏倒させられたことよ。殺意も悪意も——魔力すら残さずね。ただ者じゃないわ」

「………………うぅぅ」

必死の訴えはあっさりと無視されてしまいました。リディヤ先輩、酷いです。

涙目になりながら、私が小鳥を象《かたど》ったクッキーを齧《かじ》っていると、王女殿下がその美貌に憂慮と不安を浮かべられました。

暖炉の薪が、パチン、と割れ、火花が散ります。

「昨晩から御父様は、王都に戻られたルブフェーラ公、帰還を延期されたハワード、リンスターの両公。『翠風《すいふう》』様とロッド卿《きょう》。各大臣。それに――ゾロス・ゾルンホーヘェン辺境伯と何事かを話し合われている。東都へ複数の魔法通信も送られたみたい」

「御母様とフィア叔母様に聞いてみたけれど、はぐらかされたわ。辺境伯は、自分から持ち掛けたフェリシアとの会談もすっぽかしたみたいよ」

リンスター、ハワード両公爵家合同商社――通称『アレン商会』は、今や王国内でも巨大な存在になりつつあります。

なのに……敏腕番頭さんとの会談をすっぽかした？　話を持ちかけておいて？？

リディヤ先輩が窓の外を見つめられて、ポツリ。

「……ステラと小《ち》っちゃいのも付いて行ったし、私もあいつに合流しようかしら？」

「駄目よ、リディヤ。貴女は私の専属護衛官でしょう？」

王女殿下もすかさず釘《くぎ》を刺されます。今からララノアへの使者に合流するなんて、出来っこありません。

でも、リディヤ先輩なら……。

私がハラハラしていると、紅髪の公女殿下がとても悪い顔に。

「……あのね、シェリル？　貴女、今の状況を本当に理解しているの？？」

「え？　な、何がよ？」

王女殿下がたじろがれ、身体《からだ》を後方へやや倒されました。

冊子に栞《しおり》を挟んで頁を捲り、リディヤ先輩は淡々と語られます。

「リリーは『あの』フィアーヌ叔母様の娘なのよ？　リュカ叔父様とどうやって結婚に到《いた》ったのか……知らないわけじゃないでしょう？　今回、使者役になったのだって裏を返せば、副公爵家は『アレンとの婚姻について本気』だってこと。小っちゃいのはともかく、ステラもああ見えて暴走する子だし」

「！　リ、リディヤっ⁉　あ、貴女、にゃ、にゃにを言って……」「？？？」

シェリル様は顔を真っ赤にし、激しく動揺されていますが……私には何が何やら。

取りあえず、ティナさんとステラさんはともかくも……『アレン先輩がリンスター副公爵家のお婿さん候補』という事態。

普段のリディヤ先輩だったら、何も言わずに行動していてもおかしくないような？

落ち着かれた王女殿下も同じ感想を持たれたようで、不思議そうに髪型を吟味されている剣姫様の横顔を見つめられています。

「まぁ――今の所、王都を離れるつもりはないけど」

「「なっ⁉」」

余りの衝撃で、王女殿下と同時に声が出てしまいました。

あ、あの、リディヤ先輩が、アレン先輩を追いかけようとすらしない⁉

明日は王都に月と星が降ってくるのかもしれません。

「何よ、二人してその顔は？」

「リ、リディヤ、貴女もしかして体調が悪いんじゃない……？」

「リ、リディヤ先輩、アレン先輩と喧嘩《けんか》されたんですか……？」

研究室のみんながこの場にいても、私達と同じ反応を示したことでしょう。

……い、いったい何が⁉

すると、先輩はアレン先輩とお揃《そろ》いの懐中時計をポケットから取り出して蓋を開け、次に右手薬指をそっと撫《な》でました。

ドキリとする程、色気のある艶やかな仕草。

「問題ないわよ――あいつも、私も成長しているの。リアは見ての通りだし、カレンの連絡だとアトラの様子に変化もない。なら私は王都で、私の為《な》すべきことをするわ」

「「っ⁉」」

……リ、リディヤ先輩ってこんなに大人びていたでしょうか？

勿論《もちろん》！　初めてお会いした時から、信じられないくらい綺麗《きれい》な方でした。

だけど、今の先輩はもっとこう……より一層、アレン先輩と共にあるのが自然というか、余裕がある、というか。

「――ウフ」

シェリル王女殿下が笑った瞬間、首筋に寒気が走りました。あ、まずいかも。

私は椅子を持ち、そそくさとシフォンさんの傍《そば》へ退避を開始。

「ねぇ……リディヤ、教えてくれない？　アレンにどんな魔法をかけてもらったの？」

「シェリル、答える義務は世界の何処《どこ》を探そうとも、絶っ対に、見つからないわよ？」

「「――……ウフフ♪」」

無数の光片と炎花がぶつかり合い、調度品や窓硝子が震えます。

シェリル様が左手の人差し指をリディヤ先輩に突き付けられました。

「王立学校の頃から、ほんとっ変わらないわねっ！　ずっとっ、アレンを独占してっ！　ズルいっ‼　卑怯《ひきょう》よっ‼　機会均等を要求するわっ！！！　さっきから、リボンを使う髪型を探しているのはどういう意図があるのっ！！！？」

怒りで魔力が洩《も》れ、十重二十重《とえはたえ》に張り巡らされている王宮の結界が大振動。

シェリル様の光属性魔法へ介入し、抑え込めないか検討しますが……うん、無理ですね。絶対に無理です。息をするかのように消すアレン先輩がおかしいんです。

やっぱり、研究室で『一般人』を名乗れるのは、私だけだと思います！

私が心中で敬愛する先輩へ宣言していると、リアちゃんが目を開けました。

「……王女、うるさーい」

「あ……ご、ごめんなさい」

光片があっと言う間に消えていきます。シェリル様は私が言うのも変な話ですが、とても良《い》い方です。リディヤ先輩よりもほんの少しだけ話が通じますし……。

「テト」

「は、はいっ！」

私は慌ててその場で背筋を伸ばしました。

冊子を仕舞われた、『剣姫』リディヤ・リンスター公女殿下が、私へ通達されます。

「ゾイとユーリに伝えておきなさい――『軽挙妄動は慎むこと』『今後、一層の努力を』。分かっているだろうけど、貴女達《あなたたち》も責めないように」

「はい！　ありがとうございます‼」

研究室のみんなは、誰しもがアレン先輩に救われた過去を持っています。当然、私も。

……今回の失態は痛恨。挽回《ばんかい》をしないといけません。

紅髪を手で払い、リディヤ先輩が懐中時計の蓋を閉じられました。

「それと――うちの妹と南都へ行って」

『**極秘**』の印が捺《お》された書類の束がテーブル上を滑り、私の下へ。

中身をざっと確認します。……これって。

「偽《にせ》聖女や使徒達の一部と、月神教との関係性についてですね。南都だけでなく各地に古い月神教の礼拝堂跡地が存在する――ですか」

「欠片《かけら》自体は集まってきているわ。後は嵌《は》めこむだけ。侯国連合のカルロッタ・カーニエンの名前は知っているわよね？　体調が回復してきたみたいだし、南都へ召喚するよう手配しておくから、古い話の聴き取りをしてきて。ニコロ・ニッティも同席させてね」

「は、はぁ」

ニコロさんはともかく、カーニエン侯爵夫人の相手はちょっと……頑張りますが。

ソファーに座り、憮然とされたシェリル様が会話に加わってきます。

「『絵』になるよう、嵌めるのが難しいんでしょう？」

「私は自分を過大評価なんてしないわ。解くのはあいつの――アレンの担当よ」

膝上の懐中時計を愛し気に触られ、リディヤ先輩は呟《つぶや》かれます。

純粋な確信。

「私はあいつの『剣』だもの。斬って、燃やして、斬るだけよ」

「リディヤ……」「リディヤ先輩……」

シェリル様は少しだけ心配そうに、私はその想《おも》いに半ば圧倒されてしまいます。

――『剣姫』リディヤ・リンスター公女殿下は、アレン先輩が隣にいる限りどんな相手であっても負けないでしょう。

だけど、先輩はそんなこと望んでいないと思うのです。……誰よりも優しい方だから。

突然、拍手の音と快活な称賛が耳朶《じだ》を打ちました。

「うむうむ。その心意気や良し！」

「「「！」」」

三人で入り口の扉へ目線を向けると、

「レ、レティシア・ルブフェーラ様⁉」

美しい翡翠《ひすい》髪で、淡い翠《みどり》の装束を身に纏《まと》われたエルフの美女――先々代ルブフェーラ公爵にして、『翠風』の称号を持つ英雄様が朗らかな笑みを浮かべられていました。

驚いた私を軽く窘《たしな》めてこられます。

「レティで良い。ちゃんとノックはしたのだぞ？　面白そうなので静音魔法付だが」

「「…………」」

魔王戦争において、狼《おおかみ》族の大英雄『流星』と共に魔王本人と刃を交え、生き残った勇士様の思考は分かりません。

レティ様は私達のジト目を無視し、ニヤリとされました。

「あやつはまだまだ自分で抱え込み過ぎる。皆で少しでも負担を減らしてやると良い。会議が退屈での、抜け出してきたのだ。ん？　リアは寝ておるようだの」

「…………」「抜け出したって……」「え、えーっと」

私達が困惑する中、レティ様は扉を閉め暖炉前まで歩を進められます。

その場でしゃがみ込んでリアちゃんの頭を撫でられ――厳しい顔になられました。

「護衛役襲撃の犯人だが、目星はついておる。どういうわけか、アレン達と行動を共にしておるようだ。目的もまるで分からぬし、徒《いたずら》に害を為すとも思えぬが――いざとなれば、ララノアへ赴く事態になるやもしれぬ。諸々《もろもろ》覚悟はしておけ」

＊

「先生、先生！　潮の香りがします‼　凄《すご》い……あれが、四英海《しえいかい》なんですねっ‼」

軍用グリフォンを駆る僕の背中に抱き着く白の魔法衣のティナが歓声をあげた。膝上の白猫さんも鼻を動かす。

眼下に広がるのは輝く巨大な湖面――大陸最大の塩湖である『四英海』だ。

東都を出発して二日。

昨晩は建物らしい建物のない寒村で野営したにも拘《かか》わらず、魔杖《まじょう》を背負ったティナは元気いっぱいで、自然と微笑《ほほえ》んでしまう。

ギルの話によると昨日滞在した寒村は、以前ジェラルドが潜伏し、リチャード率いる近衛《このえ》騎士団と交戦した地だったらしい。東都獣人族にとっては忘れ得ぬ、狼族の少女アトラの事件を引き起こしたルパード元伯爵の別荘もあったとか……世間は狭い。

穏やかな陽光に後ろ髪の空色リボンを煌《きら》めかせたステラが、グリフォンを飛翔《ひしょう》させ左隣へ。前に座ったリルは寝てしまっているようだ。

「ティナ、はしゃがないの。アレン様に御迷惑がかかるでしょう？」

「はーい♪」

「もう。私の後ろに乗れば良かったのに。……私だってアレン様の背中に……」

ステラは僕とティナを一瞥《いちべつ》し、手綱を操って後方を飛ぶリリーさんの近くへ騎獣を寄せていく。

未《いま》だに正体を摑《つか》みかねているけれど、王命を受けた以上、僕達はリルを連れてラランノアへ行かなければならない。仲良くなってほしいと思って、ティナとリルを交代させたのだけれど……余計なお節介だったかも。

「アレン様は本当に酷《ひど》い方です」「乙女心の勉強をもっとしてほしいですね～」

まぁ、布帽子にドレス姿のリリーさんと楽しそうにお喋《しゃべ》りしているし、良しとしよう。

周囲を飛ぶ歴戦の十数騎――寒村で合流した東方諸家最精鋭部隊『紫備《むらさきぞな》え』より抽出された護衛隊に指示し、ギルが襟の通信宝珠越しに話しかけてくる。

『アレン先輩、此処《ここ》からは俺達が先行します。ララノアの船が発見されるまで、決して前に出ようとしないでくださいっ‼』

「そうです～！　私も先行して――」「リリーさんは駄目です」

「アレンさんのケチぃぃ！」

年上メイドさんが駄々をこね、グリフォンは情けない顔に。

リンスターの血か。栗《くり》茶髪のメイド長さんや幼女保護を旨《むね》とされている眼鏡副メイド長さんの教育故か。紅髪の使者さんは戦いたがって困る。

意識を後方に取られた僕へ、左前方でコノハさんを従えて飛ぶ軍服姿のギルが色気のある敬礼をしてきた。

『それじゃ、アレン先輩――後程っ！　見つけ次第、信号弾を撃ちます‼』

一気に速度を上げ、ギルと精鋭騎士達が前方へと二騎ずつに分かれて散開していく。

残ったのは左右の四騎だけ。東都攻防戦では敵だった最精鋭騎士達だ。

地図があっても四英海はとにかく広大。迎えの軍船も上空からは小舟にしか見えない。

ギルはそれを見越し、空中警戒線を構築しようとしているのだ。

ララノア側に敵意があれば、先制攻撃される可能性だってある危険な行動だ。ゾイとユーリが参加出来なかったことに責任を感じているのかもしれない。

「……困った公爵代理様だなぁ。ステラ、申し訳ないんですが」

「全周警戒を行います」「アレンさん、私も☆」

僕のグリフォンを挟むように飛翔させ、二人の公女殿下は同時に魔法を発動させた。

『！』「わっ！」

護衛として残った騎士達とティナが驚愕《きょうがく》を漏らす中、ステラの雪華と、リリーさんの小炎花が四方に散っていく。これで、ギル達に何かあってもすぐ察知出来る。

「ありがとうございます。二人共、頼りにしています」

「御役に立てて嬉《うれ》しいです」「むふんっ！　もっと頼りにしてくださいっ‼」

ステラがはにかみ、リリーさんは左手を見せた。

腕輪が細くなっているのは、アディソン侯との会談時、いらない指摘を受けないよう父さんに改良してもらった為《ため》だ。王都で身につけていなかったのは、東都へ送っていたかららしい。

念には念を入れて僕も魔法を――ティナに裾を引っ張られる。

「先生、私も――」

鞍《くら》にくくりつけてある布袋から、大樹を象《かたど》った焼き菓子を取り出して、少女に食べさせる。意気込みの表情が崩れ、至福のそれへ。

後ろ髪の純白リボンを直し、感想を聞く。

「美味《おい》しいですか？」

「と～っても！　美味しいです。お義母様《かあさま》の、ですよね？」

「ええ」

母さんの菓子は王国一だと思う。

ティナに二つ目を食べさせていると、ステラとリリーさんがギリギリまでグリフォンを寄せてきた。

「ア、アレン様……あの…………」「アレンさん、私にもくださぃ～」

「仕方ない公女殿下様達ですね」

浮遊魔法で焼き菓子を浮かばせ、二人の口元へ運ぶ。

幸せそうなステラ達《たち》を眺めていると、ステラの前列で寝ていた白銀髪の美少女が目を覚ました。瞳を輝かせ要求してくる。

「美味《うま》そうだの。私にもくれ！」

「おはよう、リル」

布袋と水筒へ浮遊魔法をかけ、起きたばかりの謎多き美少女にも送る。

口へ焼き菓子を一つ放り込んだリルは、大きな瞳を更に大きく見開いた。

「美味いのっ！　これもエリンが作ったのか？　今度、土産に――んぬ？」

「リル？」「「「？」」」

突然、美少女が身体《からだ》を乗り出し、眼下を見下ろした。

かつてそこにあった、【双天】リナリア・エーテルハートの小島はない。

オルグレンの乱後、『勇者』が消滅させた為だ。

「リ、リルさん、危ないです!」

ステラが腰に手を回しても、リルは前方を見やるのみ。

僕は声をかけようとし——

『!』

前方上空にギルの用意していた信号弾が炸裂《さくれつ》し、轟音《ごうおん》で大気が震えた。

「……【天魔士】の島がないとは。大地が動きでもしたか? いや……数ヶ月前、世界樹より感じた魔力の乱れはもしや、【扉】の……? そうか、当代のアルヴァーンが利用されぬように……」

少しの間、グリフォンを操ることに集中していると、リルはもう身体を戻し、水筒の紅茶を無言で飲んでいた。

列車内で出会って以来、初めて表情に陰を見せた美少女へ質問する。

「リル、もしかして四英海に来たことがあるのかな?」

「うむ。……戦友達との。もう、皆死んでしまったが」

「そっか」

この子が外見通りの年齢でないことは理解している。

数十年、下手すると百年以上。二百年なら魔王戦争に従軍も。

そうであれば……若輩で、かつ僅か数日の付き合いしかない僕達が問いを重ねるのは、非礼だろう。

通信宝珠が興奮したギルの叫びを伝えてきた。

『アレン先輩、発見しましたっ！　ララノアの迎えですっ‼』

小島近くの海域で停泊している船は巨大だった。

船上にはマストが幾本も立ち並び、ララノアの軍旗である『剣持つ竜』がはためいている。両舷には水車のような輪と鈍色《にびいろ》に光る装甲板。そして、百門以上の魔砲。

船体に書かれているのは――『ローマン』。人の名前由来？　かな？？

交易国家の侯国連合ですら数隻しか持たない、外輪と装甲を持つ最新鋭艦を寄越すなんて……交渉相手のアディソン侯は余程、王国との関係改善を重視している。

上空ではギル達が油断なく飛び回り、甲板上の不安そうな海兵達を威圧中だ。

グリフォンを軍艦の直上へと飛翔させると、いち早く右肩に白猫さんが跳び乗った。

みんなに指示を出す。

「ティナ、手綱を。まずは僕が接触します」

「はいっ！」「気を付けてくださいね～？」「む、キフネ？」「…………」

短杖《たんじょう》を抜いたステラと『火焔鳥《かえんちょう》』を準備済みのリリーさん、菓子を頬張るリルが各々《おのおの》反応する中、ティナは背中の魔杖を手に持ち沈黙した。

グリフォンの首を撫《な》でて「ありがとう、助かったよ」と礼を述べ、後輩の名前を呼ぶ。

「ギル、僕が降りるから」『ちょっとでも異変があったら、沈めます！』

「………程々にね？」

激烈な反応に苦笑し、僕はその場で立ち上がった。

幾つか魔法を展開させ、飛び降りようとし――

「おっと」「先生っ！」

「あ！」「むむ～」「……ほぉ」

ティナに袖を摑まれてしまった。ステラとリリーさん、リルまでもが驚く。

少女が胸に右手を当て、訴えてくる。

双眸《そうぼう》には『王立学校へ行きたい！』と僕に訴えた頃と同じ輝き。

「私だって、先生を助けたいんですっ！　足手纏《あしでまと》いにはなりません‼」

無数の氷華《ひょうか》がティナの感情に呼応し、湖面の一部を凍結させる。……困ったな。

でも、その成長が心の底から嬉しい。天才少女に片目を瞑《つぶ》る。

「行きますよ？　摑まってください」「！　は、はいっ‼」

瞳に歓喜の光を輝かせたティナの伸ばしてきた手を取り。

「「あ～！！！！！！！！！！！！！！！！！！！！」」「ほほぉ～」

ステラとリリーさんの叫びと、リルの感心したような呟《つぶや》きを聞きながら、僕は教え子を両手で抱き上げ、飛び降りた。見る見る内に軍艦が迫ってくる。

甲板では百名以上の海兵達が魔銃を構え、照準中だ。

僕の胸に顔を押し付けているとティナを一瞥《いちべつ》。減速をかけて――

「？」

マスト頂上に設けられた見張り台に、外套《がいとう》を羽織った金髪の男性騎士がいた。

ほんの一瞬だけ楽し気な視線が交錯し――風魔法と浮遊魔法を併用させ、僕は兵達の真ん中にフワリと降り立つ。

『っ⁉』

海兵達が硬直する間に「……やりました。女の子は行動しないとっ！」と嬉しそうなティナを降ろし、乱れた薄蒼《あお》髪を手で直す。

「ス、スナイドル副長」「……落ち着きなさい、ヤーゲル」

隊列後方で顔を真っ青にした若い士官が、見た事のない回転式の魔短銃を構えた左頰に酷い傷跡を持つ若い副長に一喝される。

……この名前と顔。確か以前に四英海《しえいかい》で。

僕は上機嫌の余り、今にも氷属性極致魔法『氷雪狼《ひせつろう》』を暴発させてしまいそうなティナを手で制し、にこやかに話しかける。

「突然、失礼します。僕の名前は狼《おおかみ》族のアレン。ウェインライト王国の使者、リリー・リンスター公女殿下の随行員です。この場の指揮官はどなたでしょう？」

『…………』

甲板に沈黙が満ちた。誰も応えようとせず、魔銃も降ろそうともしない。

スナイドルという士官に到《いた》っては、目に憎悪《ぞうお》の炎を宿し僕を睨《にら》みつけている。

王国との交渉には反撥《はんぱつ》も大きい、か。

早めにこの場は収めないと、上空のステラとリリーさんは今にも急降下して——甲板に軍靴《ぐんか》が叩《たた》きつけられた。

艦尾方向から荒々しく歩いて来た、三角帽を被《かぶ》り青の軍服姿で、腰には片刃の剣と魔短銃を提げた若い男性が怒鳴りつける。

「止《や》めろ、スナイドル！　てめえらも銃を降ろせ。ヤーゲル、指揮を執れっ！」

「……はっ」「は、はいっ！　皆、退け」『も、申し訳ありませんでしたっ！』

あっという間に包囲の輪が崩れていく。

ティナが警戒心も露《あら》わに魔杖《まじょう》を握り締めるのを見た後、若い男性が頭を軽く下げた。

「艦長のミニエー・ヨンソンだ。交戦の意思はない。副長と兵共がすまなかった。上の娘さん方にとそっちの娘さん、グリフォン達も退《ひ》かせてくれねぇか？　歯が鳴っちまう」

——この名前と口調は間違いないな。

上空のステラ達へ手で戦闘がないことを伝え、ミニエーへ挨拶する。

「出迎えありがとうございます。改めまして——いつぞや、四英海の小島で一戦交えた狼族のアレンです。無事に帰国出来たようですね。」

歴戦らしき船乗りはぎょっとし、後退《あとずさ》った。副官の表情も強張《こわば》る。

「……先生とこの人達が？」

ティナが一旦解きかけた警戒姿勢を再開させるや、雪華が舞い始めた。

表情を引《ひ》き攣《つ》らせたミニエーが、目を見開く。

「ま、まさか、お前さん……俺なんかを覚えて………？」

「一度会った人を忘れない、僕の数少ない特技なんですよ。——それと」

僕は魔杖『銀華《ぎんか》』を顕現させ、マスト頂上の見張り台へ目を細めた。アトラが御守《おまも》りとして結んでくれた紫リボンが揺れる。

「伏兵は勘弁してもらえませんか？　この子も、上の子も加減を知らないので、最新鋭艦でも沈めかねません。四英海を氷原にしたくはないでしょう？」

「え？　ふ、伏兵ですかっ⁉」

ティナが驚き、『氷雪狼』を展開し始めたのを見て、ミニエーが舌打ちする。

「……ちっ。**旦那！　バレてますぜ。とっとと降りて来て何とかしてください**」

「**はっはっはっ！　許せ、ミニエー‼　とうっ!!!**」

脱ぎ去った外套と共に、頭上から快活な声と共に騎士が降ってきた。

純白と蒼を基調にした鎧《よろい》と派手な布地を裏打ちしたマントを身につけていながら、一切の重さを感じさせず着地。

左右の白鞘《しらさや》に収まっている二振りの剣も揺れていない。

ティナが僕の左腕に抱き着き、戸惑う。

「ふぇっ⁉　い、今、身体強化魔法使ってなかった……ですよね？」

「……ええ」

目の前で疲れた様子のミニエーの肩を叩いている、輝く金髪と金銀の瞳で、信じられない程の容姿の整った騎士は身体強化魔法を使っていなかった。

ただ、着地の直前に未知の魔法を、とても静かに発動させただけだ。

いったい何者——……いや、まさかこの人が。

苦労人らしい艦長を解放し、騎士が僕達に名乗りを挙げる。

「その容貌と、内在する恐るべき魔力量……『剣姫の頭脳』殿とティナ・ハワード公女殿下とお見受けする。私の名はアーサー！　ララノア共和国において、西部戦線を預かっている『天剣《てんけん》』アーサー・ロートリンゲンだっ‼　ウェインライト王国の使者殿達を工都《こうと》まで護衛すべく推参した。よろしく頼む」

＊

「わぁ、わぁ、わぁ～！　先生、今の凄《すご》く大きくて綺麗《きれい》な時計塔でしたね！　建物も赤煉《れん》瓦《が》で建てられていたり、屋根も橙色《だいだいいろ》に塗られていて可愛《かわい》い——あ！　有名な大鉄橋のアーチが少しだけ見えました‼」

夕闇に沈みつつあるララノア共和国の首府、工房都市——通称『工都』。

整備された西地区の大通りを進む豪華な馬車の中で、アディソン侯との会談の為《ため》、蒼のドレスに着替えたティナが歓声をあげた。前髪に着けた髪飾りが今にも落ちそうだ。

途中、四英海沿いの港湾都市スグリに一日留め置かれたとはいえ王都を出て六日。

小氷姫様は今日も元気だ。

街の各所には様々な色で塗られた屋根を持つ軍事用と宗教用の尖塔《せんとう》が立ち並び、古城を再利用したと思《おぼ》しき壁の高い建物や、小路《こうじ》の角には『金槌《かなづち》』『宝石』『革』等を描いた木製看板が魔力灯《とう》にかけられている。都市の名前の通り、様々な工房に繋《つな》がっているのだろう。

正しく——異国の街並み。

ただ、壁という壁には政治用の張り紙が貼られ、石畳の通りを馬車や車が乱暴に走り抜け、行きかう人々は何処《どこ》か忙《せわ》しない。

僕の左隣に座る白と蒼基調のドレス姿で、ティナとお揃《そろ》いの髪飾りを身に着けたステラが人差し指を立てる。

「ティナ、少し静かにしないと駄目よ？　リルさんを起こしてしまうでしょう？」

「……は～い」

しっかり者の姉に注意されたティナは、先導する騎馬のアーサー達《たち》を見て窓側の座席に座り直した。リルと白猫さんは、毛布をかけられ熟睡中だ。

大人びた紅のドレス姿に着替えた、右隣のリリーさんが感想を口にする。

「話には聞いていましたけど～王都や南都よりも厳《いか》めしいというか、物々しいというかぁ……人々もピリピリしている気がします」

「それだけ、政情が不安定なんでしょうね。アーサーの話だと、中央の大鉄橋を境に、西は現政権の『光翼党《こうよくとう》』が。東は対抗派の『天地党《てんちとう》』が実効支配しているようです。……内乱一歩手前ですね」

――ララノア共和国は大陸西方で最も若い国家だ。

今から約百年前、時の皇帝の我欲からハワード公爵領へ侵攻せんとしたユースティン帝国軍は、不敗を誇る『軍神』の前に惨敗《ざんぱい》に次ぐ惨敗を喫した。

戦史に燦然《さんぜん》と輝く『第一次ロストレイの会戦』が起きたのもこの頃で、帝国は穀倉地帯として名高かったガロアを喪《うしな》い、国土南方を丸裸に。

その時点で矛を納めておけば良かったのだが、皇帝は再戦を希求。民に重税を課し、軍備増強を行わんとした。

が……それに対し、帝国東方の有力者だったアディソン侯爵が真っ向から反発。

『ハワードとの正面戦争なぞ愚の骨頂。陛下はロストレイでどれ程の血が流れたか、理解しておいでではないのかっ！』

議会での演説には、駆り出された多くの帝国東方貴族達も同調したと伝え聞く。

帝国南方を勢いのまま席捲《せっけん》せんとしたハワードの暴威を、辛《かろ》うじて喰《く》いとめたアディソン侯爵には分かっていたのだろう。今の帝国軍では王国軍に勝てない、と。

結果、皇帝は再戦を断念したものの、感情的にしこりは残り……ティナが記憶を思い返すかのように、史実を口にする。

「第一次ロストレイの会戦の数年後、皇帝が突然布告した東方領廃止を受け、アディソン侯達、東方貴族は遂《つい》に挙兵。光属性極致魔法『光神鹿』を戦場で大いに振るい、最後には工都西方にあった旧都での決戦に勝利し、ララノアを完全独立に導いた」

「その共和国が聖霊教の関与により割れようとしています。王国にとっても良くありません。ララノアは東方諸国中、数少ない聖霊教を国教に定めていない国ですし」

妹の言葉を引き継ぎ、ステラが憂慮を示す。

「アディソン侯も危機感を持たれているんだと思います。実際に工都の様子を見ると納得も出来ますが……」

左手の腕輪に触れ、快活なリリーさんが言《い》い淀《よど》む。

ティナとステラも「先生、あの……」「アレン様、その……」とかなりの違和感を覚えているようだ。僕はカーテンを閉め、静音魔法を発動させた。

少女達の顔に緊張が走る。

「みんなの気持ちは分かります。『天剣』なんていう鬼札を持っていながら、アディソン侯の態度が不自然過ぎる点ですよね？　僕を名指しした理由も見えてこない」

「「…………」」

三人の公女殿下は不安そうに互いの顔を見合わせる。

――直接会って理解した。

アーサー・ロートリンゲンは英雄だ。

工都へ来るまでの間、出自等を教えてくれたが……頭を抱えそうになった。

『私はかつて世界に覇を唱えた所謂《いわゆる》、旧帝国の末裔《まつえい》なのだ！　散々悪逆非道を重ねた挙句、世界から目の仇《かたき》にされロートリンゲン帝国は滅んだ。――が！　その当時に受けた、アディソン家の恩を忘れてはいない。与えた恩は忘れよ。受けた恩は忘れるな。必ず何があろうとも返せ。我が家に伝わる家訓なのだ。忘れたが故、旧帝国は滅んだがっ‼』

『うん？　西部戦線の話か？？　ユースティンの老元帥殿と幾度死合ったものか……あの御老人ときたら、何度言っても一騎打ちを行ってくれぬ！　精強無比を以《もっ》て鳴る、古参親衛連隊と単独で相対した時は死にかけたっ‼』

ユースティン帝国の老元帥モス・サックスと言えば、魔剣『陥城』を振るい、血で血を洗う内乱を皇帝と共にたった二人で鎮《しず》めた怪物。

嘘《うそ》か真《まこと》か若かりし頃、狂竜すら倒した、とも。

　そんな人物が一騎打ちを忌避する騎士。

「僕の見たところ、アーサーは聖霊教の上位使徒達——王都を襲撃した自称『賢者』、多くの人物を単独で暗殺してきた『黒花《こっか》』にすら平然と対抗し得ます。ユースティン側にも老元帥という怪物がいたせいで、今日まで目立たなかったのでしょう。先日、使徒第四席の老吸血鬼イドリスを討った、との報が届けられましたが……彼ならば可能だと思います。『剣聖』リドリー・リンスター公子殿下と僕の師匠も居合わせたようですしね」

「なのに、アディソン侯は王国に対し、講和条件の白紙委任状を提示した。ユースティン帝国の騒乱により、『天剣』という絶対的な『個』を自由に使えるにも拘《かか》わらず、です」

　ティナが瞳に深い知性を湛《たた》え、僕の考えを補足してくれる。

　小石を蹴ったのか、馬車が少し揺れた。ステラが言葉を引き絞る。

「……アレン様の随行を要求してきた時点で気づくべきでした。アディソン侯は、王国との講和、その結果得られる政治的な安定を目指しているとも思いますが」

「『アレンさんを工都へ呼び寄せること』——それが第一の目的だったみたいですね。

……ごめんなさい、もしかしたら、うちの兄も関与を」

　しおらしいリリーさんが項垂《うなだ》れた。

　僕はそんな年上メイドさんへ頭を振る。

「いえ。僕の師匠が変な風に伝えたかもしれませんし」

「はいっ！　先生っ‼　お師匠様ってどういう御方なんですか？　体術のですよね？？」

ティナが重い空気を振り払い、高々と手を挙げた。

僕は目で謝意を示す。

「正直、僕もよく分からないんです。稽古はつけてくれましたし、王都へ出る際には応援もしてくれましたけど……」

「ふむふむ。でも、もしかしたら滞在中にお会い出来るかもしれませんね！」

「……どうでしょう？　放浪癖のある方なので」

師匠が東都にいたのは、僕が幼年学校に入り王都へ行くまでの数年間。

よく東都にあれだけの期間滞在してくれたな、と今では思う。その後、時々届く手紙は大陸各地からだったし。

ティナが反応を示す前に、馬車の速度が落ちて行く。目的地に到着したようだ。

カーテンを開け、みんなに手で合図。

窓硝子《ガラス》に近づき、

「わぁ……」「王都の封印書庫以上ですね」「砦《とりで》……いいえ、これはもう城です～！」

ティナ、ステラ、リリーさんが口々に感想を零《こぼ》す。

見えて来たのは、四方の水路、高い鉄格子《てつごうし》と城壁、完全武装した多数の騎士と魔銃兵によって守られた要塞の如《ごと》き白亜の屋敷《やしき》。

魔力灯が立ち並び、昼間のように明るい。夜襲を警戒しているようだ。

三人の公女殿下と顔を見合わせ、僕は気を引き締める。

相手がどんな難題を言ってくるのかも不安だけれど……。

『ララノアで待っている』

ゼルベルト・レニエは僕へそう言った。

聖霊教使徒達が、ここララノアでも動く可能性は極めて高い。

同時に——馬車が完全に停止し、ティナ達が各々《おのおの》身の回りを整える。

「良しっ！　頑張りますっ‼」

「ティナ、髪が乱れているわよ？　ほら、こっちに来て」

「兄がいませんように。万が一いても、変なことを言いませんようにっ！」

……僕個人の想《おも》いで、三人を危険に曝《さら》すわけにはいかない。

『天使』と『氷鶴《ひょうかく》』の忠告は気にかかるけど、それはそれ、これはこれだ。

窓の先では、アーサーとミニエーが屋敷正門で警備中の兵達に話しかけ、敬礼を受けると、巨大な門が左右に開き始める。

英雄様が僕に気付き、大きく手を振った。

未《ま》だ熟睡中の美少女を揺する。エルフ族特有の布が滑らかな質感を伝えてくる。

「リル、着いたよ」

すると、先に白猫のキフネさんがむくりと起き、僕の懐《ふところ》へと潜り込んできた。

長い白銀髪に酷《ひど》い寝癖をつけ、美少女も起き大きな欠伸《あくび》。

「……ふわぁぁぁぁ。ついたのかぁ？　嫌な臭いがしおるのぉ」

「「「？」」」

特段そんな臭いは感じない。ティナ達を見やるも、同じなようだ。

疑問を覚えながらも、僕はリルを抱きかかえようとし——

「早く起きてくださいっ！　も～仕方ない子ですねっ‼」

ティナに先を越され、両手を取られた。

「む～……私を子供扱いするとは～。不遜であるぞぉ、ティナ・ハワードォ」

「はいはい。ほら、服に皺《しわ》がついてますっ！」「リルさん、髪を梳《と》かしますね」

あっと言う間にハワード姉妹は連携し、寝坊助な美少女の世話を始めた。

こんな風にティナが人の世話を焼くなんて、新鮮だな。

「……アレンさん」

僕がほんわかしていると、リリーさんが袖を摘まんできた。表情は硬い。さしもの、天真爛漫《てんしんらんまん》な年上メイドさんも緊張をしているようだ。

「（大丈夫ですよ。ティナとステラ――僕もいます。あ、交渉の時は『公女殿下』でお願いしますね？　王都へ帰ったらお疲れ様会をしましょう。奢《おご》りますよ）」

「（――……アレンさんは相変わらずズルい人です。でも）」

少し離れ、紅髪の年上少女はふんわりと笑みを零した。

「私を頑張らせる方法を知っているんですよね。リリー・リンスター、頑張ります！」

＊

「アーサー様！　ミニエーとスナイドルもおかえりなさい‼」

屋敷に入った僕達《たち》を出迎えてくれたのは、一見すると少女に見える、華奢《きゃしゃ》な少年魔法士だった。アーサーの前で嬉《うれ》しそうに跳びはねる。……まるで子犬だ。

「（先生、可愛《かわい》らしい人ですね）」「（ほぉ）」「（尻尾の幻が～）」「（み、みんな、駄目よ）」

ティナ達も似たり寄ったりの感想を覚えたようだ。

英雄様と、旅の道中で僕から散々聖霊教異端審問官の質問を受け、辟易《へきえき》するも応えてくれた生真面目な艦長が応じ、無表情な副長は黙って頭を下げる。

「おお、アーティ。少しは背が伸びたか？」

「あ～侯子、使者の方がいるんで」「………」

僕はやり取りを聞きつつ、屋敷内を窺《うかが》う。屋敷の中も探知魔法や拘束結界だらけ。シャンデリアは外され、美麗な天井や壁、装飾硝子も補強済み。防衛重視のようだ。探知出来る限りだと、屋根の上にとんでもない魔法士。

廊下の陰にも相当な技量の魔法士が隠れている。警戒の一環かな？

少年魔法士が頬を赤らめ、恥ずかしそうに俯《うつむ》く。

「あ……ご、ごめんなさい。嬉しくてつい」

「はっはっは っ！　大丈夫だ。その程度で気分を害する者達ではない。で、あろう？」

快活な英雄様は少年の肩を幾度か叩《たた》き、此方《こちら》へ振り返った。

僕達はリリーさんへ頷《うなず》き、足下の白猫さんが鳴く。見せ場は譲りますよ。

紅髪の公女殿下は微笑《ほほえ》んで、すっ、と前へ出て優雅に挨拶する。

「此度《こたび》――ウェインライト王国の使者となりました、リリー・リンスターです。アディソン侯爵家が長子、アーティ殿とお見受けします。どうぞよろしくお願いしますね」

「リンスターの……。アーティ・アディソンです。よ、よろしくお願いしますっ！」

少年魔法士は呆《ほう》けた後、慌てて頭を幾度も下げた。警備兵達も見惚《みほ》れていたようだ。

精神的主導権奪取、という重要任務をこなしたリリーさんは、自然な動作で僕の右隣へ戻り「(ふふふ～♪　上手《うま》く出来てましたかぁ？)」と囁《ささや》いてくる。

腕輪に触れ賛辞を現すと、紅髪の公女殿下は満足気に微笑んだ。

「えっと……アーサー様、そちらの方々が？」

気を取り直し、アーティがおずおずと質問を発した。

ララノアの英雄様は愛剣の鞘《さや》を叩いて合図。

薄蒼《あお》髪の少女達が僕の前へと進み、凛《りん》とした様子で名乗る。

「ハワード公爵家が長女、ステラです」「ハワード公爵家が次女、ティナです」

「そして――この者がアレン。リドリーと老師の言っていた『剣姫の頭脳』殿だ」

一瞬で僕の背後に回り込んだアーサーが背中を押してきた。

……身体強化魔法じゃなく歩法。師匠に似ている。

僕は恭《うやうや》しくアーティへ会釈《えしゃく》し、白猫さんと白銀髪の美少女も紹介。

「使者様の随行員を仰《おお》せつかりました、狼《おおかみ》族のアレンです。こちらは縁あって旅を伴《とも》にしている　キフネさんと迷子のリルです」

「むっ！　私は迷子ではないぞっ‼　単に連れが迷っておるだけだ‼」

「リル、世間ではそういう人を迷子って言うんだよ？　アディソン侯爵にも頼んで、早く同行者さんを探そうね？」

「グヌヌ……」

唸《うな》る美少女へ布袋から港湾都市スグリで購入した焼き菓子を取り出し、機嫌を取っていると、アーティがよろめいた。

ミニエーは溜《た》め息《いき》を吐《つ》き、スナイドルは感情のない顔。警備兵達も震えている。

荒く息を繰り返し、少年魔法士は何時《いつ》の間《ま》にか近くへやって来ていた、前髪が両目にかかっている純朴そうな眼鏡メイドさんが設置した椅子へしゃがみ込んだ。

……この魔力の消し方、ウォーカーと同じ。

侯子が震える声で呟《つぶや》く。

「こ、公女殿下が三人……。そして、あ、貴方《あなた》が、かの大魔法士様…………」

「僕は単なる一随行員ですよ。使者のリリー様は大魔法剣士様ですし、ティナ様とステラ様は、近い将来必ずそうなられますが」

「は、はぁ……」

アーティは、理解が追いつかない、といった様子だ。

でも、事実だし——三人に次々と袖や裾を引っ張られる。

「(アレンさぁん……？　私は大魔法剣士じゃなくてぇ、メイドさんなんですけどぉ)」

「(先生は最高の魔法士様です！)」「(アレン様は私の魔法使い様なんですよ……？)」

ティナとステラの称賛がこそばゆい。リリーさんは……侯爵に事情を説明して、明日は何時もの服装を着させた方が良さそうだ。暴走しそうだし。

——アーサーが蒼い胸甲を叩いた。

「さぁ、侯爵閣下がお待ちだ。行くとしよう！　艦長、エルナーに結界を張らせてはいるが、警備を抜かりなく頼む」

「了解しました。スナイドル、行くぞ」「……はい」

疲れを滲《にじ》ませミニエーが左頬の傷が目立つ副長を引き連れ、屋敷を出ていく。

……最後に、スナイドルが僕を睨《にら》んでいたのは見間違いじゃないな。

アーサーが先程の眼鏡メイドさんと何事かを話し合い、教えてくれる。

「残念ながら、リドリーは留守にしているようだ。奴《やつ》のことだ、小麦や砂糖を調達しに、菓子小路《こうじ》へ出向いたのだろう」

「「「リリーさん、一言！」」」「——……捕捉次第、お説教します」

僕達の問いかけに、紅髪を逆立たせた公女殿下がそれはそれは美しく微笑んだ。

リドリーさん、命知らずも大概にしておかないと……。

「ほぉ、菓子作りか。が！　エリンには敵《かな》うまい」

「……今持っているの全部食べちゃダメだよ？」「リルさん、食べ過ぎです！」

「ぬうっ⁉」

白銀髪の美少女にティナと二人で釘《くぎ》を刺すと、白猫さんが情けない声で鳴いた。

ティナとリルが話し始め、リリーさんがお説教用にしては随分危険な魔法式を展開させて確認する中、ステラが身体を寄せてくる。

「（アレン様、廊下の奥に隠れている魔法士の指摘はどうします――……え、えっと、私の顔に何かついていますか？？）」

「（いいえ。ステラは凄《すご》い、と感心していただけです）」

自信を持ったステラ・ハワード公女殿下に隙無しっ！

「――……う～」

当の本人は顔を伏せ、ほんの軽く僕の左腕を叩いた。

「アーティ」

「は、はいっ！　アーサー様、僕に何――っ」『！』

ララノアの英雄様は膝を曲げ、少年の瞳を覗《のぞ》き込んだ。

微《かす》かに漏れた魔力で肌が粟立《あわだ》つ。ティナとステラ、リリーさんまでもが僕の背中へ回り込み、平然としているのはリルとキフネさんだけだ。

「もう一人紹介しておく者がいよう？　隠し事は止《や》めておけ」

「…………はい」

少年魔法士は身体を震わせて席を立った。

何度か息をし、意を決した様子で名前を呼ぶ。

「イゾルデ」

「――はい、アーティ様」

奥の廊下から、肩までの灰白髪で、華奢というより痩せ過ぎな少女が歩いてきた。アーティと同じ魔法衣だが、こちらは極々淡い紫色だ。残った警備兵達の視線が冷たい。

聡明《そうめい》な紫の瞳を持つ少女は少年の傍《そば》までやって来ると、深々と頭を下げた。

「御無礼致しました……アディソン侯爵閣下より庇護《ひご》を受けております、天地党《てんちとう》党首マイルズ・タリトーの娘、イゾルデと申します。使者様達にお会い出来て幸運です」

『…………』

人は余りにも大きな衝撃を受けると、言葉を喪《うしな》ってしまうものらしかった。

リルだけは「……やはり、血腥《ちなまぐさ》いの……」と、何事かを独白していたけれど。

＊

「アーティとイゾルデは元々婚約者だったのだ。当人同士は依然として、お互いを想《おも》い合っているのだが……」

飾りっ気のない廊下を先導するアーサーが口籠り、鉄格子《てつごうし》の嵌《はま》った窓を手で叩く。

リルとキフネさんは、先程の眼鏡メイドさんに託してきた。

彼女はハワード姉妹を見て若干動揺しているようだったけど……。

それにしても、人生何が起こるか分からない。

工都《こうと》内で今にも一戦を交えそうになっている二つの勢力――『光翼党《こうよくとう》』と『天地党』。

それぞれの当主の息子と娘が一緒にいるなんて誰が想像出来るだろうか？

アーサーが歩みを再開し、腕を組んだ。

「マイルズ殿とは私も面識がある。優秀な方であり……愛国者でもあった」

「『あった』？」「今は違うのですか？」

僕の両隣を進むティナとステラが疑問を呈すと、アーサーの後に続くアーティの顔が歪《ゆが》んだ。後ろではリリーさんが「現実で悲恋は……」と俯いている。

英雄様が金髪を掻《か》き乱《みだ》した。

「分からんっ。普段私は前線にいて、首府におらぬし、政《まつりごと》にも殆《ほとん》ど関わってもいない。東部軍の一部と聖霊教が結託し、そちらの騒乱に関与していたのを知ったのも、全てが終わった後だっ。まさか、マイルズ殿がそれを大々的に民へ公表し、国家元首のアディソン侯を責めるなぞ……自ら国を乱すような真似《まね》をする方では絶対になかった。着いたぞ」

『…………』

廊下の中程にある、濃い黒茶色の重厚な扉の前で立ち止まると、アーサーは遠慮なくノックした。部屋から老人らしき男性の声が返ってくる。疲れきっているようだ。

「……誰か」

「アーサーです。アーティもいます。ウェインライトの使者殿をお連れしました」

「……入ってくれ」

英雄は入り口の扉を開き、僕達《たち》へ中に入るよう目と手で促した。

僕の両脇をハワード姉妹が固め、リリーさんが後に続く。

その部屋は、国家元首が使うにしては殺風景だった。

窓の傍に古い執務机と椅子が二脚。

机の上には書類が無造作に山を形成し、小さな絵？　が伏せられている。

他には装飾の一切ない本棚と外套《がいとう》掛け。独り用のベッドしかない。床に絨毯《じゅうたん》が敷かれている程度だ。

工都の夜景を見ていた総白髪の男性が振り返る。

表情には疲労が色濃い。礼服にも皺《しわ》が目立ち、腰に提げた美しい宝珠の埋め込まれた騎《き》士剣《しけん》だけが煌《きら》びやかだ。

報告書ではワルター様やリアム様、教授と同年代と書かれていたが……。

侯爵は顔を顰《しか》めながら椅子に座り、左手を軽く挙げた。

「アーサー、良くやってくれた」

「使者殿達ならば、私が護衛に就かずとも問題はなかったでしょう。『剣姫の頭脳』殿には、私とて経験で劣っているかもしれませぬ」

ララノアの英雄にティナ達が褒められるのは嬉《うれ》しい。

……僕への過大評価は勘弁してほしいけど。

「ほぉ」「ア、アーサー様よりも？」

案の定、侯爵とアーティは勘違いしてしまったようだ。どうにか誤解を解かないと。

「先生は凄いんですっ！」「アレン様ですから」「妥当な評価ですね～」

僕が何かを言う前に、ティナ達はとても嬉しそうに同意する。ひ、否定し辛《づら》いっ。

そんな僕達のやり取りを聞き、ほんの微かに相好を崩した男性が名乗る。

「ラノア共和国元首にして、アディソン侯爵家当主を務めるオズワルドだ。本来ならば、我等《われら》が相応の者を王都へ派遣せねばならぬところ、工都へ来てもらったこと、感謝に堪えぬ。報告は受けている。ティナ公女殿下、ステラ公女殿下、リリー公女殿下、であろう？よもや、三人もの公女殿下がやって来られるとは思ってもみなかった。後世の史書に記載されるやもしれぬ」

「でしょうなっ！」「れ、歴史的な一場面になるかもしれませんっ！」

若干呆《あき》れも滲ませる侯爵に対し、アーサーは破顔。アーティも興奮し同意する。

——百戦錬磨の元首と、僕の視線が交錯する。

「ウェインライトにとって、貴殿はそれ程までに重要視される人物なようだな、『剣姫の頭脳』殿？　リドリー殿と老師殿から進言を受けた時は半信半疑だったぞ。表向きの使者はリリー公女殿下だが……『剣姫の頭脳』殿に実質的な話をして構わぬな？」

「……え、えーっと、ですね」「構いません。私は一メイドですので」

言い訳しようとする僕を遮り、紅髪の公女殿下は言い切る。

……これはもう、明日から普段通りに過ごすつもりだな。

やや戸惑われた侯爵が口を開こうとし――窓の外の夜景を幾条もの光が照らした。

空中に浮かんでいるのは、籠を下げ文字の書かれた大きな布袋。

以前、本で読んだ。確か『気球』と呼ばれている物だ。

侯爵は片肘をつき、嘆息した。

「ここ最近、天地党の連中が夜になると行っている扇動だ。『アディソン家は利権を貪り、共和国にとって害悪だ！　天地党に政権を‼』。……ふんっ。そんなことをすれば我が国はとっくの昔にユースティンに再併合されていた。相手は『金豚』と『陥城』なのだぞ」

ユースティン帝国皇帝ユーリー・ユースティンと老元帥モス・サックス。

たった二人で、混沌《こんとん》としていた帝国に平穏を齎《もたら》した傑物達。最近では聖霊教と結んだ皇太子派を粛清したと聞く。

そもそも……アーサー率いる西部方面軍と相対し、ほぼ互角の戦況なのだ。その恐ろしさの一端は容易に理解可能だろう。

「……よろしいのですか？　僕等がいる前でそのような話を」

「構わぬ。百年前の建国戦争では『ウォーカー』と『死神』の力も借りた。貴国上層部には、我が家の懐《ふところ》事情すらもバレていよう」

顔に出さぬよう努力しながら、今の言葉を咀嚼《そしゃく》する。

……『ウォーカー』はともかく、『死神』ってアンナさんのことなんじゃ？

リリーさんをちらり。

『気にしたら負けですよ～？』

確かにそうかもしれない。帝国時代の話に興味はあるけれど……。

侯爵がおもむろにカーテンを閉めた。

「言葉を飾るのは私の趣味ではない。端的に言おう――私が望んでいるのは、ウェインライト王国との講和ではない。大戦を念頭に入れた『対聖霊教』同盟締結だ」

「「えっ？」」「むむ～？」

ハワード姉妹が僕の両袖を摑《つか》み、口調を隠す気がなくなったリリーさんが両肩に手を置く。アーサーは驚かず、アーティは「……ど、同盟？」。息子には伝えずか。

疲れ切りながらも、闘志は衰えさせていないアディソン侯が机を指で叩《たた》く。

「貴殿等も理解出来ていよう。情けなくも、我が国は現在分断されつつある。工都を例に挙げるならば――大鉄橋を境として光翼党の西と天地党の東に。マイルズは『東部軍の一部と聖霊教が結託、オルグレンの叛乱《はんらん》に介入した』という事実を先んじて公表し、私を弾劾したが……さにあらず！　聖霊教と結び、我が国を乗っ取らんとしているのは奴等《やつら》の方なのだ。アーティ、イゾルデにはもう紹介したのだな？」

「は、はいっ！　父上」

緊張し切った様子で侯子が報告。……父子の関係性が垣間見《かいまみ》えるな。

侯爵は痛みに耐えるかのように、息を吐いた。

「……私とマイルズは友だった。今から五年前、あ奴が細君の忘れ形見である息子、アルフの病治癒を祈る為《ため》、藁《わら》にも縋《すが》る想いで教皇庁の奥の院へ赴くまでは」

「「「っ⁉」」」

僕達は息を呑《の》んだ。

聖霊教の総本山である教皇庁、その奥の院は徹底的な秘密主義で知られる。

最も偉いのはその名の通り『教皇』とされているのだが……。

手で目元を押し、侯爵が嘆かれる。

「そこで何があったのか……『聖女』を名乗る者にマイルズが何を吹き込まれたかは知らぬっ。結果的に不治の病だったアルフは数年の命を得た」

おそらくは——大魔法『蘇生《そせい》』の残滓《ざんし》。

だけど、イゾルデは庇護された時期を『弟と祖母が、か、亡《な》くなった後』と言っていた。

白髪を抱え、侯爵が何度も頭を振る。

「……マイルズを疑い始めたのは、アルフが亡くなった昨年冬。その直後に急死した祖母メータ・タリトーから私宛に遺書が届き、イゾルデの保護を懇願された際だ。**『あの聖女は偽者《にせもの》です』**と乱れた字で書き殴ってあった。その後に起こった貴国の騒乱に際し、武勲を欲《ほっ》した東部軍の一部と聖霊教が結託。私の与《あずか》り知らぬところで軍を動かした時にはもう……奴等は貴国の外交官追放の命令書まで偽造していた。愚直なミニエーが企てに参加、手を汚し、栄達の路《みち》を閉ざされたのはそれが原因だ」

たとえ何であれ、命令は命令。

ミニエー・ヨンソンは根っからの軍人らしいけど……スナイドルはどうなのだろう？

僕が副長の冷たい瞳を思い出す中、アディソン侯は呻《うめ》かれる。

「マイルズの心は……私と共和国に栄光を齎す筈《はず》だった友の心は、今や『聖女』を恥ずかし気もなく名乗る者の手に堕《お》ちた。イゾルデを保護出来たのは幸運だったのだ」

アーティが手を握り締め、涙を堪えている。

アディソン家とタリトー家は余程深い間柄だったようだ。

初老の男が自嘲する。

「……ただ、愚かだったのは私だけではないがな。ユースティンの皇太子も使徒を名乗る輩《やから》に誑《たぶら》かされた。結果――西部戦線より『陥城』が兵を引き揚げ、こちらもアーサーとエルナー姫を王都へ呼び寄せることが出来、情勢を拮抗《きっこう》に持ち込んだ」

聖霊教の短剣を操る長い手は、王国に、ユースティン帝国に、侯国連合に……そして、ララノア共和国にも及んでいる。何とかしないと。

――その前に。

「アーサー、先程から気になっていました。『エルナー姫』とはどなたなんです？　屋上で警戒されている魔法士様ですか？」

僕はティナ達の『聞いてくださいっ！』の圧に屈し、金髪の英雄様へ質問した。

「ん？　私の嫁だ。エルナー・ロートリンゲン。本人は『許嫁《いいなずけ》です！』と頑《かたく》なに認めようとせぬが。同じようなものだとは思わぬか、アレン？」

「は、はぁ……」

「い、許嫁さん……」「――そっか。そうね」「ふむふむ～？」

同意を求められ困惑した僕に対し、少女達は奇妙な反応を示している。……嫌な予感。

先日の王都で起きた婚約騒動みたいに、強い騎士様と決闘するのは御免だ。

悪い顔のリリーさんを目で制し、懐から書簡を取り出して執務机へ。

「閣下、此方《こちら》が我が国の暫定的な講和案となります。あくまでも叩き台ですので、中身に目を通していただき、条件は明日以降の交渉で――」

「伝えていた通りだ。全て呑もう」

「……え？」

思わず呆《ほう》けてしまい、僕は目を瞬《しばたた》かせた。

ララノア共和国元首、オズワルド・アディソン侯爵が明言する。

「賠償金の支払いも、領土割譲も、技術移転も――貴国の案で構わぬ。我が首が欲しいのなら喜んで差し出そう。……が、その代わり、同盟締結と聖霊教の『聖女』と使徒達《たち》の打倒だけをお願いしたい。あ奴等をこれ以上野放しにすれば」

人族の世界そのものが終わりかねぬ。

室内に、冷え冷えとした空気が流れた。

……偽《にせ》聖女と使徒達ならばやりかねない。

何しろ、完全なる大魔法『蘇生』の復活とそれによる差別無き世界を唱え、信徒達の身体《からだ》に収集した大魔法や大精霊『石蛇』の残滓を埋め込むだけでなく、ゼルの……僕の親友の墓を暴き、吸血鬼の力すらも戦場に投入してきているのだ。

最終的な目的は未《ま》だ見通せなくても、止めなければならない――絶対に。

今日初めて侯爵が目元を緩め、状況についていけていない息子をほんの一瞬だけ見た。

「仮に――我等が敗北した場合は、女、子供の保護もお願いしたい。私はアディソン家当主としてこの地を離れられぬ身だが、戦えぬ女子と幼き子供を死なすは恥であろう？」

『…………』「ち、父上……」

言葉の意図――『万が一の時は、アーティとイゾルデを頼む』を理解し、僕達とアーサーは沈黙したが、当の本人は戸惑い気味だ。

僕は首肯し、目で同意の意思を示す。

「即答は出来かねますが、王都へ必ずお伝えしておきます。……閣下自身が離れられない、というのは？」

侯爵は楽し気に口元を歪《ゆが》め、騎士剣《きしけん》の宝珠に触れた。

――よく見ると『花』を模している。

「貴殿を呼び寄せた理由を見せよう。アーティも良い機会《い》だ。お前も付いて来るがいい」

「！　は、はいっ！　父上っ!!」

少年魔法士の頭と背中で揺れる、獣耳と尻尾が幻視出来た。父親を尊敬しているんだな。

この間、侯爵は騎士剣を引き抜き、何もない壁に翳《かざ》す。

宝珠が光り――八片の完全に整った花弁を持つ『白花』が壁に浮かびあがる。結界！

壁の奥に広がっているのは漆黒の闇。

四英海《しえいかい》の小島でアトラと降りたものに酷似している。この魔法……とんでもない。

謎多き月神教、その『外典《げてん》』の表紙に描かれていたものに似通っているけれど。

「先生、これって……」「封印書庫で見たものに似て……？」「綺麗《きれい》ですね～」

ティナとステラが瞬時に気付き、リリーさんは細い指を空中に走らせる。

唯一、アーティだけは緊張で顔面を蒼白《そうはく》にし「イゾルデ……」と呟《つぶや》き、胸ポケットを手で押さえている。アディソン家にとって大切な儀式のようだ。

侯爵が騎士剣を鞘《さや》へ納めると、闇が薄れてきた。

「半妖精族の極致、放浪の大魔法士『花天《かてん》』殿の魔法だ。起動させる為には我がアディソン家に伝わる名剣『北星』に埋め込まれた、神代の宝飾師【宝玉】の磨いた花宝珠が必要となる。直接的な突破はまず不可能だ。行くとしよう」

「見物ぞっ！　行くとしよう」

アーサーは颯爽《さっそう》と闇へ足を踏み入れ消えた。侯爵も後に続かれる。転移魔法だ。

色々と気になる言葉もあったけれど、僕達も——少女達に両袖と裾を摑まれる。

「せ、先生……あの」「アレン様……その」「きゃ～♪　怖いですぅ～☆」

「大丈夫ですよ、ティナ、ステラ。僕もいます。リリーさんは平気でしょう？」

「「──はい！」」「む〜！　贔屓《ひいき》反対ですぅ〜！」

ハワード姉妹は僕の両腕に抱き着き、文句を言う年上メイドさんに背中を押された。

視界が白い花に包み込まれ──

浮遊感の後、冷たさと熱さが同居する奇妙な地面へ僕達は降り立った。

侯爵とアーサーの姿はなく……血腥《ちなまぐさ》い。

「……みんな」「「「はいっ！」」」

臨戦態勢を取り、各自剣や魔杖《まじょう》を構え、前衛にリリーさんとステラ。中衛に僕。後衛にティナの陣形を取り、辺りの様子を窺《うかが》う。

立ち並んでいたのは、八本の大きな石柱。

石製の屋根は大きく破損し、淡い紅と蒼《あお》の光が舞っているが、奥までは見通せない。

恐ろしく広い地下の空間だ。

「こ、この場所って……」「似ています、王宮地下の『儀式場』に」「……奥です」

ティナとステラが慄《おのの》き、リリーさんは炎花を展開させ、硬い声で指摘。

僕は魔杖『銀華《ぎんか》』を振るい、空間全体を灯《とも》す。

「「「〜〜〜っ⁉」」」

ドレス姿の公女殿下達が悲鳴を堪え、立《た》ち竦《すく》む。

――空間中央で凍らされ、鎖状の黒炎に包まれていたのは怪物だった。

行きに乗船した軍艦も巨船だったがその比じゃない。まるで小山だ。

蛇のような細長い身体。小さな四肢。背中には剣を重ねて形成されたようなボロボロの氷翼。身体には氷棘《ひょうきょく》が巻き付き鎧《よろい》のようだが、所々が砕けている。

頭の角の数は十数本。これも半数以上が折れ、口にずらっと並ぶ大剣の如《ごと》き歯も同様だ。

――その両の蒼眼《そうがん》は血走り見開かれ、底知れない憎悪《ぞうお》を湛《たた》えている。

目を凝らし、更に様子を窺うと、怪物の首に突き刺さった美しい双剣と床に蠢《うごめ》く巨大な魔法陣が見えた。

この黒い炎……今まで見てきた大魔法『光盾《こうじゅん》』『蘇生』『墜星』『水崩《すいほう》』に似ている。

おそらくは大魔法『炎滅《えんめつ》』。リルの言っていた話が本当だったのか⁉

そして、目の前の怪物は……。

「銀氷で凍った『剣翼持つ荊棘《けいきょく》の大蛇』？」「違うぞっ、アレン！」

上空から金髪とマントを靡《なび》かせ、アーサーが僕達の前へと降り立ち、石柱の陰から侯爵も姿を現す。先んじて異変がないかを確認していたようだ。

　アーサーが左腰に手をやり、炎の手前で怪物へ目を細める。

「これは【龍】――銀嶺の時代、神が世界にいた時代、そして続く【星約《せいやく》】の時代最初期を生きていた怪物だ。世界最後の一頭であろう。私とリドリー、老師の三人がかりで打ち倒した老吸血鬼、聖霊教第四席イドリス・ココノエはこいつの解放を目論《もくろ》んでいた。この『生きている儀式場』を使う為《ため》にな。……言葉の意味は理解しているな？」

「ええ」

　流石《さすが》は旧帝国皇族の末裔《まつえい》。僕の知らない知識を持っている。【星約】の時代、か。

　……今まで色々な事を経験してきたけれど、今回もまた酷《ひど》いな。

　ゼルですら分からなかったイドリスの姓が『ココノエ』だって？

「あう……」「そ、そんな……」「ま、またですかぁ……？」

　ティナ達が顔を蒼くして、僕の背中を握りしめる。

　英雄へ厳しい口調で問う。

「つまり、イドリスは『天使創造』を行おうとしていた。……誰を使ってです？」

「分からん、最後は獣同然だった。『贄《にえ》が必要なのだ！』と灰になるまで叫んでいた」

「アレン殿、貴殿に来てもらった理由は他でもない」

会話を遮ったアディソン侯が沈痛な面持ちで、【龍】を見た。

「ロートリンゲン皇帝家の命により、代々に亘《わた》り我がアディソン家は、この地で【龍】を監視し続けてきた。……封印の氷が弱まらないかを、だ。現在は、『花天』殿の差配にて、封を大魔法『炎滅』で補完した状態だが、確実に弱まってきている。エルナー姫の見立てでは、数ヶ月で復活してもおかしくはないそうだ」

！　そうか。アディソン侯爵家に伝わっている大魔法が表に出て来なかったのは、此処《ここ》に使われていた為だったのか。道理で……。

「え？　ち、父上！？！！！」

ようやくやって来たアーティが驚く声が聴こえる。

元首が深々と僕へ頭を下げたからだ。

「売国奴達に負けるつもりは毛頭ない。が……私は国を預かる身。最悪の場合も考えておかねばならぬ。『花天』殿との連絡も取れぬ今、魔法技術に秀《ひい》でたウェインライト王国の力を借りる他は無い。リドリー殿と老師の言によれば『再封印を試みた場合、制御出来るとしたらアレンの他になし』とのことだった。……どうか、力を貸してくれぬか？」

「では——ウェインライトの使者がアディソンの屋敷《やしき》に入ったのですね？」

＊

工都《こうと》東部地区外れ。聖霊教聖堂の赤色屋根。

朝霧に包まれ、大鉄橋だけになったかのような絶景へ目をやり、私——聖女様が使徒第五席イブシヌルは、手に持った通信宝珠へ問いを返す。

『——はい。使者がリリー・リンスター。随行者はティナ・ハワード、ステラ・ハワード。そして、『剣姫の頭脳』。屋敷の警備体制は日に日に強化されています。『天剣《てんけん》』と『剣聖』も引き続き滞在しています』

隣に佇《たたず》む、私と同じ深紅に縁どられたフード付き純白ローブを身に纏《まと》った巨漢の使徒第六席イフルが、ピクリ、と眉を動かす。『天剣』と『剣聖』とは先日交戦し、罠《わな》に嵌《は》めたにも拘《かか》わらず、逆にこちらが打撃を被《こうむ》った。通信宝珠に語りかける。

「なるほど、有意義な情報でした。感謝しますよ——スナイドル殿。計画が成功した暁には、口添えを約束しましょう」

『ありがとうございます。使徒様の為、聖女様の為、今後も努力を！』

弾んだ声と共に、通信が途切れた。

……愚かな男だ。無駄な上位者意識で国を売るとは。

まして、邪《よこしま》な心を持つ者が聖女様を口に出すこと……許し難《がた》い。

通信宝珠を切り替え、もう一人の協力者へ繋《つな》ぐ。

「マイルズ殿、そちらの状況は？」

天地党《てんちとう》首でありながら聖女様の奇跡に直接触れ、篤《あつ》い信仰を持つに至った男が静かに、けれど強い決意を込め断言する。

『……万事順調です。聖女様の御心のままに』

「御心のままに」

通信を切ると、後方の霧が揺らぎ、灰色ローブの男が姿を現した。

フードの下には光のない瞳と金髪が覗《のぞ》いている。

私は侯国連合の一角、ホロント侯国を治めていた戦友へ助言を乞う。

「イフル、どう思いますか？」

「イブシヌル、第一段作戦を行う準備は既に整っている。『駒』の多くは第二段作戦に備えて動かせぬが、私とお前、ヴィオラ殿とレヴィ殿の傷も癒えた。増援も得られる。『天剣』と『天賢』は難敵だが……やるべきだろう」

アーサー・ロートリンゲンとエルナー・ロートリンゲンの実力は、私やイフルを上回り、上位使徒に匹敵する。

だが、それがどうしたというのか。

フードを深く被り直し、言葉を続ける。

「聖女様の予言通り――『欠陥品の鍵』はこの地へとやって来ました。呼び水になれば、と矮小《わいしょう》なエルンスト・フォスを生かしておいた甲斐《かい》もあったというものです。王国、帝国、侯国連合は国内の混乱で当面動けません。……残る懸念《けねん》材料は哀れな老イドリスですから、解呪の糸口を見いだせなかった『花天』の結界ですが」

通信宝珠に光。先程とは別の人物だ。

……なるほど、結界を通り抜ける為にはアディソンの騎士剣《きしけん》が。

通信を切り、私は戦友の鎧に拳を押しつける。

「イフル、最後の問題が解決しました。始めましょうか――聖女様と聖霊の御為に」

# 第4章

大陸北方に位置するユースティン帝国の冬は長く厳しい。

しかし――だからと言って毎日、雪が降るわけでもない。

今日のような暖かく気持ちの良《い》い日は皇都皇宮の最奥《さいおう》にある内庭で過ごすのが、余の好むところである。柔らかいソファーに横たわって毛布を被り、小鳥達《たち》の歌声を聞いていれば、老いたこの身は夢の世界へと誘われ――

「陛下っ！　ユーリー・ユースティン皇帝陛下っ‼　何処《どこ》におられますっ‼!」

「…………はぁ」

齢《よわい》七十二でありながら一切の衰えを感じさせず、腰に提げた魔剣『陥城』を煌《きら》めかせ、軽快な足取りでやって来た軍服の偉丈夫――帝国軍老大元帥モス・サックスへ怒鳴る。

「ええぃ、五月蠅《うるさ》いぞモスっ！　余はもう疲れたのだっ‼　愚息のユージンを含め、馬鹿共の相手はもう飽き飽きだ。ヤナに帝位を譲り、今度こそ引退する‼」

余の一粒種である元皇太子ユージン・ユースティンは、聖霊教の使徒に誑《たぶら》かされ南征。

ウェインライト王国のハワード公爵領へ侵攻し、百年前と同じくロストレイの地で惨敗《ざんぱい》を喫した。

そこまでは許容範囲だったのだが、あろうことか武力での皇位簒奪《さんだつ》を企図。

つい先日、ユージンと叛乱《はんらん》に関与した全貴族の処罰を終えたばかりなのだ。

戸籍上は余の孫娘であるヤナへ皇位を円滑に譲位する為とはいえ、骨身に堪えた。

モスが視線を彷徨《さまよ》わす。

「……ヤナ様付の孫から『このまま王都の大学校へ進学しようかな～。『星魔』っていう凄《すご》い魔法士さんが研究室を持つらしいし』と何度も脅迫を受けていると報が」

「な、んだ、と……？」

ウェインライトの大学校と言えば、大陸西方の最高学府。

卒業するのに何年かかるか、分かったものではない。

しかも、『星魔』と言えば、師はあの性格の捻じ曲がっている教授ではなかったか？

余は毛布を剝ぎ取り。獅子吼《ししこう》する。

「……ゆ、許さん………許さんぞっ！　大学校へ行かせたが最後、皇都へ戻る頃には、幼子を数名連れ帰るに違い――……うぬ？　死ぬ前に曽孫《ひまご》を徹底的に甘やかし、ヤナとフスに苦労させるのも一興か……？」

「陛下っ！　晩年に到《いた》り、名声を汚すのは些《いささ》か……」

「はんっ！　余は既に『老豚』と世間に嘲られておるのだっ！　曽孫を散々に甘やかす悪名――良いではないかっ！　甘んじて受けようぞっ‼」

「い・け・ま・せ・ぬっ！！！！」

モスの怒声が余の老いて肥えた身体《からだ》を揺るがす。こ奴《やつ》、元気過ぎるのではないか？

毎日飲ませておる北帝海を越え、魔王領に住まう獣人達より密輸させた、長命の薬が効いておるのやもしれぬ。

ククク……精々長生きをし、ヤナとフスに扱《こ》き使われるが良いわっ！

股肱《ここう》の臣《しん》と睨《にら》みあっていると、聞きたくない声が飛び込んできおった。

「はは、皇帝陛下と大元帥殿は何時でも元気だ。グラハム、君もそうは思わないかい？」

「……教授、非公式な場なれど、掻《か》き回《まわ》すのは遠慮願います」

脇机上の時計を見やる――正午過ぎ。約束通り、か。

本来、徒人《ただびと》が立ち入ることが出来ぬ内庭へ入って来たのは、帽子を被り眼鏡をかけたコート姿の男性と、仕立ての良い礼服を着た老人――『ウェインライト最凶最悪の魔法士』である教授と、ハワード公爵家執事長『深淵《しんえん》』グラハム・ウォーカーだった。

余は鼻で嗤《わら》い、右手で払う仕草をする。

「……ふんっ。怪物共が揃《そろ》いも揃って何しに来た。こう見えて、愚息を永久幽閉したり、愚かな親族共を北方の最前線送りにしたり、阿呆《あほう》な貴族共の資産を没収して、線路を敷設《ふせつ》したりで傷心なのだ。つまらぬ申し出は多忙なモスの仕事をますます増やすだけぞ」

ユースティンは大陸西方の三列強に数えられるも人材は貧弱。一人一人の負担が重い。

厄介な北方諸氏族に南方のハワード。北帝海を挟み、魔族共も油断ならぬ。

北東の叛徒《はんと》共――ララノア共和国に到っては常に国境紛争中だ。

やはり、後数十年はモスが生きねばならぬようだな。うむ！

余が一人で納得していると、年下の老元帥が下手糞《へたくそ》な咳《せき》をしおった。

「ゴホゴホ……陛下、私も老いてございます。願わくば隠遁《いんとん》し、静かに余生を……」

「却下に決まっておろうが。ぬしは死んでも頑張るのだ」

絶対に許さぬ。それは余が曽孫とすることぞ？

鼻で嗤っていると、モスが顔を上げた。そこにあるのは濃い陰謀の色。

「――実はここ数ヶ月、陛下のお飲みになる紅茶へ長生きの効能のある薬を」

「！　お、おのれ、モスっ‼　血迷ったかっ⁉　余と同じ思考に到るとはっ」

「っ⁉　陛下……ど、道理で紅茶の味が変わった、と。謀《はか》られましたなっ⁉」

視線をぶつけて睨み合う。これ以上、皇帝としての責務を全うさせようとするなぞ……

こ奴、実のところ、余のことが嫌いなのか？　身に覚えがあり過ぎて困るが。

余とモスが意地のみで視線を外さぬ中、教授とグラハムが朗らかに会話を交わす。

「いや～相変わらず仲良しだねぇ」「昔と変わらぬ様子で安堵《あんど》致します」

「「…………」」

興が削《そ》がれた。水入れに手を伸ばすと、モスがグラスへ冷水を注ぎ、手渡してくる。

「……で？　今日は何の話ぞ？　シキの地はくれてやったろうに」

「良い話です」「こちらをご覧ください」

二人共笑ってはおるが……悪魔や竜の笑みと同義よの。油断すれば一瞬で喰《く》われる。

モスがグラハムの差し出した書簡を受け取るや開け、余へ渡してきた。……これは。

「三列強同盟だと？」

内容を要約すれば――ユースティン帝国、ウェインライト王国、侯国連合による軍事同盟の締結を提案するもの。教授の眼鏡が妖し気に光った。

「はい。本当は『対偽《にせ》聖女』と付けたいところなんですが」

「東方諸国家の反応が読み切れぬ、か」

大陸西方と異なり、魔王戦争で聖霊騎士共が何をしたのかを殆《ほとん》ど知らぬ東方の連中は、その多くが聖霊教を信仰しておる。

偽聖女を糾弾すれば最悪、五百年前の大陸戦争の再来になりかねぬ。

そうなれば……魔王すら動く可能性もあるのだ。

教授が悪人の顔となった。

「侯国連合の賛同をいただいています。あちらは水都を散々痛めつけられましたしね。水竜の降臨を見てしまえば、聖霊教を信じる気にもならないでしょう」

簡単に言っておるが、多少物を知っておる程度の学者や魔法士ならば卒倒しかねん驚天動地の事態だ。

『七竜』は星の律を守る存在であり、人や魔族は眼中に入れず。

彼奴等《あやつら》と対等なのは、『勇者』か『魔王』。ララノアの『天剣《てんけん》』程度であろう。

……ロートリンゲンの双聖剣を【龍】に使っていなければ、だが。

余は書簡をモスへ押し付け、出来る限り嫌そうに感想を述べる。

「……ふんっ。出兵は無理ぞ？　ロストレイでそちらの『北狼《ほくろう》』に粉砕されたからの」

「我等はララノアの賊従と北東国境で睨み合っておる。……まして、相手は『天剣』」

老大元帥が冷徹に、帝国の置かれている情勢を補足した。

老いた身をソファーの背もたれに預け、嘆息する。

「因果なものよ。かつて、曲がりなりにも我が家が従った旧帝家を敵に回しておるのだからな……しかも、当代は家祖の名持ちだ」

アーサー・ロートリンゲン。

神代から、神亡《な》き時代へ移り変わる混沌《こんとん》の時代に現れた、人族史上屈指の大英雄。

資料は悉《ことごと》く散逸し、極僅かな口伝が残るのみではあるが……余程の人物だったことは容易に理解出来る。

——当代の『天剣』もその名に違《たが》わず。

モスをして『個として見れば、東方諸国家随一』と激賞する程の男だ。

教授が詐欺師の笑みとなる。

「その問題についても、解決出来るかもしれません。偶々《たまたま》、僕の教え子が——アレンと言うんですがね、ララノアへ使者の随行員として赴いているんです。オズワルド・アディソン殿は、王国との講和と同時に、対聖霊教に関する同盟締結を望まれているそうで。王国とララノアがそうなれば、貴国との紛争も沈静化に向かうのではありませんか？」

「「…………」」

渋い顔のモスと余は目を合わせた。

ララノアとの無駄な紛争がなくなれば、次代のヤナとフスは助かるであろう。

——が。

「教授よ……ぬしを信じきれぬわっ」

「なっ⁉　へ、陛下……長い付き合いじゃないですか。あ、ミナ・ユ、ー、ス、テ、ィ、ン、様とコーデリア・ロ、ー、ト、リ、ン、ゲ、ン、様の近況、聞きます？」

かつて余が、超法規的に救った幼子達《たち》の名を突然出してこようとは……性格が捻じ曲がっておる。

「えぇぃっ！　そういう所だっ‼　……数日待て。結論を出す」

「有難《ありがと》うございます。ミナ嬢もコーデリア嬢も元気ですよ」

「……ふんっ」

グラスの冷水を一気に飲み干し、モスへ注がせ、更に飲み干す。

口元を拭い、余等は皮肉を返した。

「しかし──貴様等、新しき時代の『流星』を酷使し過ぎぞ。オルグレンの騒乱以降、我等は偽聖女の掌《てのひら》の上で転がされ続けてきた。小さき一手、一手の積み重ねによってな。此度《こたび》のララノア行きも知らず知らず、彼奴《きゃつ》に仕組まれたのではないか？」

「古今東西、英雄は呆気《あっけ》なく倒れるものと相場が決まっております」

当然、反論が降ってくるものと覚悟し──一向に来ぬ。うぬ？

モスと余が顔を見合わせると、目の前では奇妙な光景が広がっていた。

「……いえ、真《まこと》に情けない話でして」「……心苦しく思っております」

「…………」

『最凶』と『深淵』とが、多大な借りを作っている新しき『流星』か。

腕を組み、椅子を叩《たた》く。

「座って詳しく話せ。ああ、今度は『流星』の小僧も一緒に連れて来るが良い。……言いたいことは山程あるっ！　我が国に拡散しつつある『狼聖女』信奉については特になっ」

＊

「ふっふっふっ――お待たせしたっ！　これが私の作った果実のタルトだ！」

穏やかな陽光の差すラランノア共和国首府、工房都市――通称『工都《こうと》』。

赤や橙《だいだい》屋根の美しい建物群や尖塔《せんとう》と大時計塔。荘厳《そうごん》な霊廟《れいびょう》にすら見える白亜の建国記念府。巨大なアーチが特徴的な大鉄橋、各工房地区にあげられている気球群。

それらを見下ろせる西部地区の高台に構えられた、広大なロートリンゲン家屋敷《やしき》の庭に、自信満々な男性の声が轟《とどろ》いた。

赤髪で長身。服の上からでも相当に鍛えているのが分かるが……小さな紅《あか》い小鳥の描かれたエプロンは全てを台無しにして余りある。

男性の名前は『剣聖』リドリー・リンスター公子殿下。

椅子に腰かけている私服姿のティナとリルの後ろで、苦々しそうに立つリリーさんのお兄さんだ。ようやく普段の衣装を着られて、上機嫌だったのに……。

リドリーさんは王都を出奔後、菓子作りの道に突き進んだらしい。リンスターって。

「良し！　ティナ嬢、リル嬢、食べてみてくれっ‼　無論、リリーと新しい紅茶を淹《い》れに行かれたステラ嬢、アレンの分も残してあるっ！」

「……五月蠅《うるさ》いですよ～」「あ、美味《おい》しそう」「ふむ……見た目は及第点か」

切り分け終わった兄へリリーさんが冷たい視線を向ける中、ティナとリルがタルトの試食を開始した。比較対象はティナ達が激賞した、母さんの焼き菓子とのことだ。

――アディソン侯との会談から三日。

『アレン！　王都の返信を待つ間、うちに来るがいい。……本来なら色々と案内したいのだがな。工都の名の由来となった、千を超えるとされる様々な工房。建国戦争の際の英傑達が祀《まつ》られた建国記念府。大鉄橋を越えて東部地区の旧帝国時代の物とされる古い町並みや、嘘《うそ》か真か、神代の終わりに生きた世界最高の宝飾師【宝玉】と世界最高の菓子職人

【菓聖】の品々を展示した大博物館も見せたかったたっ‼』

心底悔しそうだった、『天剣』アーサー・ロートリンゲンの提案を受け、今日はみんなで高台へやって来たのだけれど。

「……エプロンを装備した赤髪の公子殿下、は衝撃的だったな」

少し離れたベンチに腰掛け、僕は聞こえないように独白した。

――さっきのリリーさんの顔といったらっ！

侯爵の屋敷に姿を見せなかったのも、アーサーの予想通り『妹達が来るのだ！』と、材料集めに奔走し、菓子の試作を行っていた為《ため》らしい。相変わらず真っすぐだ……。

膝上で眠る白猫のキフネさんを撫《な》でていると、リドリーさんが胸を張った。

「どうだろうか？　王都を出て四年と数ヶ月――異国を渡り歩き、様々な菓子を食べ、作り方を学んできた。私の製菓技術は確実な進歩を遂げて」

「決めましたっ！」「私も決めたぞ」

ティナとリルがフォークを小皿へ置き、頷《うなず》き合った。

息を吸い込み、判定を下す。

「お義母様《かあさま》の焼き菓子の方が」「数段美味《うま》いっ！」

妹さんも行儀悪く、手でタルトを齧《かじ》り「フッフッフッ……」。悪い顔だなぁ。

リドリーさんは、リディヤとの一騎打ちや黒竜戦でも見せたことがない絶望した表情になり、一歩、二歩と後退した。

「ば、馬鹿なっ！　こ、この私の全身全霊を込めた菓子が……何《いず》れは伝説の【菓聖】を超えるリドリー・リンスターの作った菓子が、負けた、だと……？」

「はいはい～負け犬さんはどいてくださいね～★」「ぐっ……リリー」

紅髪を煌《きら》めかせ、公女殿下はリドリーさんを押しのけた。

そして、新しい小皿へ焼き菓子を配っていく。

「ティナ御嬢様《おじょうさま》、リルちゃん、私のはエリン様との比較ではなく、そちらにいらっしゃる負け犬公子殿下と比べてみてくださいー」

「はーい」「ほぉ……エリンの焼き菓子に似ておるの」

二人はリリーさん御手製の焼き菓子を口に放り込んだ。大きな瞳をパチクリ。

「あ、美味しい」「うむ」

紅髪の公女殿下が笑みを深め、赤髪の公子殿下がよろめく。

ティナとリルは、ハンカチで口元を拭くとある意味で残酷な結果を伝える。

「リリーさんの」「勝ちだの！」

リドリーさんが膝から崩れ落ち、両手をついた。

うわぁ……リチャードや近衛《このえ》騎士団の人が見たら、頭を抱えそうだ。

「そ、そんな…………な、何故《なぜ》だ、何故なのだ、リリーっ！　我が妹よ、私が王都を出た頃、菓子作りはおろか、一切料理もお前は出来なかったではないかっ⁉」

「――……ふっ、愚問ですね～」

リリーさんはティナとリルのカップへ紅茶を注ぎ、お兄さんを一瞥《いちべつ》。

勝ち誇りながら、豊かな胸を張った。

「この格好を見て分からないんですかぁ～？　お兄様が放浪している間に、私は立派なメイドさんになったんですぅ～☆　お菓子作りだって、ちゃーんと習って――」

「？　メイド服ではないのにか？？」

――空気が凍った。あ、まずい。

ティナへ手と目で合図をし、リルを連れて退避させる。

「……フフ……フフフ…………」

リリーさんの乾いた笑いと共に、炎花が舞い始めた。

被害が出ないように魔法を抑え込もうとすると――リンスター兄妹《きょうだい》だけを内に残し、見事な結界が張り巡らされ、テーブルと椅子も転移してきた。

アーサーの相方兼許嫁《いいなずけ》、綺麗《きれい》な紫髪の大魔法士エルナー・ロートリンゲン姫が、屋敷の中から発動してくれたようだ。アーティの話だと爵位こそないものの旧家故、『姫』と呼ぶのが慣習化しているらしい。

『模擬戦をしていただいても大丈夫です。困った英雄様のせいで慣れています』

屋敷到着直後にそう言われていたし、とても有難《ありがた》くもあるのだけど……。

案の定、被害が及ばないことを認識し、リリーさんは空中高く跳び上がった。

「言いましたね？　言っちゃいましたねっ！　愚兄、成敗っ！！！！」

大剣を空間から引き出し、容赦なく振り下ろす。

直後――けたたましい金属の悲鳴が大気を震わせた。

リドリーさんが小さなケーキナイフで、大剣の一撃をいなしたのだ。

後方へと跳び、リリーさんが荒れる。

「ほんとーに……昔から、そういう所を直して下さいと何回言えば理解してくださるんですかっ！！！！　今日という今日はぜったいにっ、許しません。覚悟っ！！！！」

エプロン姿の剣聖様を囲むように、無数の炎花が布陣。一斉に襲い掛かる。

広い庭が燎原《りょうげん》と化す中、リドリーさんは全てを躱《かわ》していく。

それに追いつき、紅髪の公女殿下が大剣を横に思いっきり薙《な》いだ。

「ふぇっ⁉」「ほ〜やるのぉ」

退避し、見学中のティナとリルが驚きと感嘆を漏らす。

「うむ……見事な一撃と魔法だ。リンスター副公爵家は私が継がずとも安泰だな」

――リドリー・リンスター公子殿下は大剣の上に立っていた。

本気で嫌そうなリリーさんが炎花をお兄さんに叩きつけ、後退を強いる。

「とっとと帰って、継いでくださいっ！　困っているんですからっ！！！！」

点ではなく面制圧に切り替え、炎属性魔法『炎神波』を超高速複数発動。

しかし、剣聖様は不可視の斬撃で空間内全ての炎を消し去った。

ケーキナイフを左右の手で弄び、リドリー様が囁《ささや》く。

「ふっ……何に困っているかは分からぬが、察しはつく、大方想《おも》い人でもいるのだろう？　だがな、妹よ。世界は広いっ！　柵《しがらみ》が足枷《あしかせ》ならば、いっそ攫《さら》って異国へ逃れるのも選択肢の一つなのだぞ？」

「はいっ！　リドリーさんっ！　それ――リディヤさんと同じ思考法ですっ‼」

自前で氷壁を生みだし、タルトを手で食べていたティナが冷静に指摘する。

近くのリルと視線が交錯した。

『……大変だの』『そうでもないよ？』

人は慣れる生き物だ。リルとだって、こうして目で簡単な会話は出来るわけだし。

赤髪の公子殿下が分《わ》かり易《やす》く狼狽《うろた》える。

「な、んだと……？　そ、そんな、そんな筈《はず》はないっ！　わ、私があんな『あんたの剣筋は全部覚えたし、新しい技を出して。出さないならとっとと負けて』なぞと、いきなり覚醒してくる天才従妹《いとこ》と同じ発想をするなぞと……」

「隙ありっ！！！！！」

低い姿勢でリリーさんが突っ込み、大剣を振るう。

気持ちで敗北した剣聖様は焦《あせ》りを露《あら》わにし、押されていく。ティナには良い観戦だな。

「アレン様、お待たせしました」

僕が何だかんだ満足していると、屋敷の中から白のセーターとスカート姿のステラがティーポットと小さな布袋を載せたトレイを持ち、戻って来た。

状況は把握していたようで、いそいそと僕の隣に腰かける。

「ステラ、ありがとうございます」

「いえ。王都では毎日忙しかったので。穏やかな時間を持てて幸せです」

行く先々で『聖女様』と慕われるのも納得な微笑《ほほえ》み。

トレイを小さなテーブルへ載せ、カップに紅茶を注いでいく。独特な香りが鼻孔をくすぐる。東方諸国の品だろうか。風が吹き、ステラの空色リボンを靡《なび》かせた。

兄妹喧嘩《きょうだいげんか》を観戦中の白銀髪の少女を見つめ、狼《おおかみ》聖女様が零《こぼ》す。

「……リルさんのお連れの方は見つかるんでしょうか？」

あれ以降、王都からの連絡はない。

僕はティナとお喋《しゃべ》りしている白銀髪の美少女を眺め、答える。

「アディソン侯にも話はしてあります。見つからなかったら連れ帰るしかないですね。キフネさんもそれで良《い》いですか？」

膝上の白猫様は尻尾で僕の脚を叩《たた》いた。良いらしい。

薄蒼《あお》髪の公女殿下が布袋の紐《ひも》を開け、小皿にクッキーを取り出した。

「眼鏡をかけたメイドさんに頼んで、アディソンの屋敷で作ってみました」

「いただきます」

葉っぱの形にくりぬかれたクッキーを一枚食べる——優しい味だ。

両手を重ね、ステラがそわそわ。

「ど、どうでしょうか？　お義母様に教えていただいたんですが……」

「美味しいです。小さい頃、よくカレンと取り合いをしたのを思い出します」

公女殿下はホッとした様子になり、手で口元を隠した。ハワードとリンスターのメイドさんがいたら、絶対に映像宝珠を持ち出しただろうな。

「王都へ戻ったら、また作ってみます。……その時は食べていただけますか？」

「勿論《もちろん》です」

「ありがとう、ございます。ティナ達《たち》にも持って行きますね。――……えへへ♪　今日は天使さんの勝ちー」

トレイを持ち、ステラは妹と食いしん坊な美少女へ左手を振ると、迂回《うかい》を開始した。

庭では劣勢だったリドリーさんがケーキナイフとフォークを持ち、リリーさんへ猛然と逆襲している。……『剣聖』とは？

「おお、アレン！　派手にやりあっているなっ‼」

白と蒼基調の鎧《よろい》を身に着けたまま屋敷正門を跳び越え、英雄様が帰って来た。部隊配置についての会議だったらしい。役職は『西部方面軍元帥』。

「アーサー、お疲れ様です」

「うむっ、疲れたっ！　まず探し人の件だ」

ドカッとベンチへ座り、アーサーは難しい顔になった。

三日前の交渉後――僕は工都《こうと》で目撃された、

・フェリシアのお父さんであるエルンスト・フォス。
・グレッグ・オルグレン。
・グレッグの従者イト。
・聖霊教に降《くだ》った東都獣人族達。
・ジェラルド・ウェインライト。
の、捜索依頼を行っていた。英雄様が憮然《ぶぜん》とする。

「結論を言えば——西部地区にはいないな。聖霊教に攫われるか、積極的に協力しているのなら、東部地区へ行く他あるまい！」

「今朝方、魔法生物で上空偵察をしましたが、大鉄橋の先には天地党《てんちとう》の陣地が構築されていました。潜入するにしても、バレれば……内乱の引き金になりかねません」

冷たい風がアーサーの金髪を揺らした。

今、僕達はとても穏やかな時間を過ごしている。

「ふ、ふざけないでくださいっ！　上級魔法をフォークで貫かないでっ‼」

「大丈夫だ、リリー！　お前にも必ず出来るっ‼　己を、信じるのだっ‼」

……穏やかな時間だと思う。

アーサーが呟《つぶや》く。

「私は戦うことが好きだ。しかし、民を斬りたくはない、アディソン侯にも『自重せよ』と仰《おお》せつかっている。おそらくは内部に裏切り者もいよう。……すまぬが」

「アーサー」

頭を下げそうになったララノアの守護神を押し留める。

正門から意気揚々としたアーティと、お疲れなミニエーがやって来るのが見えた。

「『英雄とは偶像である』――好きな教句ではありませんが、幻想を積極的に壊す必要はありませんよ。貴方《あなた》がララノアの『天剣《てんけん》』であることに変わりはないんですから」

「……………ふっ」

アーサーは息を吐き、僕の肩に手を回した。

「良し、アレン！　我等も身体《からだ》を動かそうではないかっ！　『天剣』との手合わせ――旅の土産話になるだろうっ‼」

＊

「こんなもん、かな？」

その日の晩。

僕はロートリンゲンの屋敷《やしき》に用意された部屋で、昼間行ったアーサーとの模擬戦についてて、小さな灯《あか》りでメモを書いていた。炎の魔石を用いた暖房が動いている。

窓の外には荘厳《そうごん》ささえ感じさせる工都の夜景。

今晩は新月なので、魔力灯《とう》が時計塔や尖塔《せんとう》、特徴的な赤煉瓦《れんが》の建物群を照らしている。政情危機で緊張感が高まっている為《ため》か人は疎《まば》らで、天地党の気球も見えない。

模擬戦後、上機嫌なアーサーに『今宵《こよい》は泊まっていけっ！　──荷物？　届けさせれば良いではないかっ‼』と言われた時は面食らったものの、ティナ達もエルナー姫と話をしたそうだったので、良かったかもしれない。

僕は席を立ち、ソファーで白猫のキフネさんと寝ているリルへ毛布をかけなおした。

先程までいたティナ達と一緒に別の部屋へ移そうとしたのだけれど、動こうとしなかったのだ。暖房を弱め、ぽつり。

「……王都へ帰ったら、リディヤに近接戦の稽古をつけてもらわないとなぁ」

昼間の模擬戦、僕によい所は一つもなかった。

アーサーは剣無しの徒手。使う魔法も身体強化のみ。

対して僕は何を使っても良し。

この条件で戦い惨敗《ざんぱい》したのだから、言い訳も出来ない。

『氷神鎖』を手で引き千切り、防ぎ難《にく》い『闇神鎖』を手刀で切断し、全魔法中最速の部類に入る『光神弾《こうじんだん》』の包囲一斉射を気合で吹き飛ばす騎士……新しく創っている魔法でも厳しかっただろう。

魔力感知を逆探するとかも、理論上可能でも実際やるのはちょっと。

『アレン！　そこは私の出番でしょう‼』

脳内で同じことをやりかねない王女殿下が主張している。今度試してみようね。

――ノックの音。

「はい」

扉が静かに開いていく。

そこにいたのはリボンを解き寝間着に着替えたティナ。不満そうだ。

「……先生ぃ」

「ティナ？　どうかしましたか？？」

僕の問いかけに対し、もう少しで出会って一年になる教え子は扉を閉め、静音魔法を発動させた。多少ぎこちないものの、努力しているのが分かって嬉《うれ》しい。

近づいてきた公女殿下が僕の前で止まり、腕を組む。

「『どうかしましたか？』じゃありません！　……私達には早く寝るよう言われていたのに……灯りが洩《も》れていたので、もしかして？　と思ったらっ！　先生こそ、早く寝なきゃ駄目ですっ‼　昼間、あんな凄《すご》い模擬戦をされたんですよ？」

コロコロとティナの表情が変わっていく。僕が夜に文章を書いたり、新しい魔法を創りがちなことを見透かされている。

「もう、寝ようと思っていたんです。……嘘《うそ》じゃないですよ？」

「信じられません！　嘘吐《つ》きな先生は監視する必要があります」

そう言うとティナは、リルが寝ているソファーの脇に腰かけた。

美少女の白銀髪を手で梳《す》き、ポツリ。

「……アーサーさんとリドリーさんってあんなにお強いんですね」

「『天剣』様と『剣聖』様ですからね。リリーさんは後半相当巻き返していましたけど……今の僕だとまず歯が立ちません」

「せ、先生を貶《おとし》める意図は！　エルナーさんも『アーサーと近接戦闘であそこまで渡り合う魔法士を初めて見ました』と驚いていました。ただ……世界は広いなって」

英雄達の凄さを垣間見《かいまみ》てしまい、自分が果たして彼等《かれら》まで追いつけるのか、漠然と不安を抱いてしまったようだ。ペンを片付け、励ます。

「そう思うのは、ティナが着実に成長しているからです。僕の場合、単独で戦うと本物の強者に圧倒されてしまいます。昼間のアーサーを見たでしょう?」

英雄様は僕の初級魔法や魔力介入を物ともせず、ただただ攻勢に攻勢を重ね続けた。

膨大な魔力量に裏打ちされた数十の魔法障壁を、消失させても瞬時に張り直すことで、それを可能にしたのだ。……ちょっとした恐怖体験だった。

公女殿下は幾度か首を捻《ひね》り、答えを導き出す。

「その都度、その都度、最強の攻撃を相手に押し付けることが出来る……ですか?」

「正解です」

魔力量が人並み以下の僕は、幼い頃から永々《えいえい》と魔法制御を磨き続けた。

今では、それなりの技量だと内心自負も。

……が、同時に個々の戦いでは限界もまた存在する。

「ティナの知っている人だと……そうですね。やっぱり、リディヤが一番分《わ》かり易《やす》いでしょう。あいつは実の所、炎属性なら僕が知っている魔法を全て使えます。でも、模擬戦でも実戦でも使う魔法は極一部です——理由は単純」

ティナがハッとし、両手を何度か握り締めた。

王国ならば、四家とカレンにしか与えられていない力——極致魔法と秘伝。

「『火焔鳥《かえんちょう》』か『紅剣《くけん》』を相手に押し付け続ければ、まず殆《ほとん》どの局面を打開出来るからです。小細工が要らないんですよ。年々魔力量も上がっていますし」

「……………」

薄蒼《あお》髪の公女殿下は黙り込み、顔を伏せた。窓硝子《ガラス》に風が当たり、音を立てる。

夜景に目を細め、僕は手帳を閉じた。

「僕も出来ればそうなりたいんですけど……磨けるものを磨いていくので精一杯です」

「先生」

少女が稚拙な身体強化魔法を使い、一気に僕との距離を詰めてきた。

静音魔法も発動させて着地の音を消し、椅子の前にしゃがみ込み上目遣い。頬が赤い。

「私と常に魔力を繋《つな》げば、全部解決──」「駄目です」

即座に言い切る。

……リディヤもそうだけど、自分の魔力を全部差し出すのは駄目だろう。

ティナは口をパクパクさせた後、足を叩《たた》いてきた。

「さ、最後まで言ってませんっ！」

「駄目です。さ、部屋へ戻りましょう。ステラとリリーさんが心配します」

少女の手を取って立たせ、入り口へと促す。

妹想《おも》いの狼《おおかみ》聖女様と、『御嬢様《おじょうさま》、絶対保護！』の精神を叩きこまれた年上メイドさんのことだ、ティナの不在に気付く頃だろう。

「う～！　先生の意地悪っ‼　……ふんだっ」

ぶつくさと文句を言いつつも、公女殿下は素直に部屋を出ようとし、

「ティナ」「？」

僕はその小さな背中へ呼びかけた。

振り返った少女へ本心を伝える。

「いいんですよ、僕は『最強』じゃなくても。だって──」

そう僕は『英雄』でも『最強』でもない。

一介の魔法士であり、この子達《たち》の家庭教師なのだ。片目を瞑《つぶ》る。

「いざという時は助けてくれるでしょう？」

室内に氷華《ひょうか》が舞い踊り、ティナは頬を大きく膨らませ「う～」と唸《うな》った。

「──……本当に先生は…………答えは『はい』しか存在しないんですけどっ……だけど、もうっ！　もうったら、もうっ‼　何時《いつ》か痛い目を見ても知りませんからっ‼」

扉が静かに閉まり、廊下の軽やかな足音を耳が拾った。

……本心だったんだけどなぁ。

「まったくもって、稀《まれ》に見る酷《ひど》い男よのぉ」

呆《あき》れ半分、称賛半分。上半身を起こした白銀髪の美少女へ勧告する。

「リル、起きたなら部屋を移動しようね。あと、着替え！」

「面倒だ。はっ！　それとも……よもや美しい私に欲情を」「しないしない」

あっさりと否定し、僕はブランケットを取り上げた。キフネさんは……このままでいいか。起こすのも可哀想《かわいそう》だし。

ソファーを飛び降りたリルが憤然と細い人差し指を突き付けてきた。

「……汝《なんじ》、そういう所が駄目なのではないか？　もう少し女心を理解せよっ！」

「世界で一番難解な分野だと思うなぁ。大魔法の解析とかの方が簡単そうだね」

大魔法は散々見て来たし、ティナやリディヤの魔力量なら応用出来そうだけど……。

ブランケットを畳みつつ、淡々とお説教をする。

「僕は君にどんな事情があるのか、聞こうとは思っていないよ。けど、君の嘘で迷惑かけた人がいるんだと思う。王都までは送るから、ちゃんと謝ろう」

「………分かっておるわ」

美少女は顔を背け、前髪を指に巻き付けた。

「説教を喰《く》らうなぞ久方ぶりだ。誇って良いぞ？　汝は強くはないが」

「自分が『強い』と思ったことなんてないよ」

幼い頃から強くはなかった。

ただ――せめて自分の大切な人を守りたい、そう願った。その結果、今の僕がある。

リルが唇を皮肉気に歪《ゆが》めた。

「ま、及第よの。ロートリンゲンの末ならば『ならば、強くなるっ！』と返す」

「……あれ以上強くなったら、逆に大変そうだけどね」

ララノアの大英雄『天剣《てんけん》』アーサー・ロートリンゲン。

彼は、僕の知る傍迷惑《はためいわく》な【双天】様と同質の人間だ。

――単騎で戦局を回天させ得る。

リルがベッドへ歩いていき、飛び込み枕を抱えた。ゴロゴロしながら評する。

「惜しむらくは、あ奴《やつ》が全力を発揮出来ぬことよ。真の強敵相手に替えの剣はもつまい。戦には勝たねばならぬ。が、代償を考えるべきだったの」

「え？」

アーサーの双剣は『ロートリンゲン皇帝家由来の魔剣』とリドリーさんが言っていた。

……しかも、『代償』だって？

「それってどういう――リルっ！！！！」

何の前触れも無しに屋根と天井の一部が吹き飛び、黒鎖の雨が降ってきた。

咄嗟《とっさ》に風魔法を多重発動させて、無理矢理加速。

キフネさんとリルを回収し、全力で回避しながら外へと飛び出す。

屋敷《やしき》にはエルナー姫の探知魔法が張り巡らされていた……どうやって無効化を？

美少女と白猫さんを後方へ降ろし、紫リボンの結ばれた魔杖《まじょう》『銀華《ぎんか》』を顕現させる。

音もなく、フード付き灰色ローブを身に纏《まと》い、片刃の短剣を握り締めた十数名の男達が周囲に降り立ってくる。今まで幾度も戦ってきた相手だ。

「……聖霊教異端審問官」

「敵方最強戦力に対する新月での夜襲。この魔力、吸血鬼でも使ったか。悪くはないが」

リルが服に付いた砂埃《すなぼこり》をはたき、髪を払った。

瞳にあるのは憐憫《れんびん》。

「足止めになる程度の戦力を抽出すべきであったな。お主等は死んだぞ」

──閃光《せんこう》が駆け抜けた。

『！？！！』

身体《からだ》を再生することも他の魔法を使うことも能《あた》わず、異端審問官達は剣士服のアーサーが振るう双剣によって両断、絶命した。

僕はキフネさんを抱き上げた美少女を見やる。

「……リル、君はいったい」

「アレン様っ！」「アレンさんっ！」

屋根の上からリリーさんとステラに呼ばれ、顔を上げる。無事なようだ。

炎揺らめく剣を抜き放ったリドリーさんが油断なく周囲を警戒している。

エルナー姫に抱き着きながら、ティナが丘の下を指差した。

「先生、街がっ！」

ララノア共和国の首府が、『工都《こうと》』が燃えていた。上空には骨の大鳥が飛んでいる。

この禍々《まがまが》しい魔力。死者の軍隊を呼び出す禁忌魔法『故骨亡夢』か。

出所は──都を東西に分かつ大鉄橋！

屋敷から鎧《よろい》を持ち出して来たアーサーが僕に顔を向け叫ぶ。

「アレン！　一緒に来てくれっ‼　私とお前、リドリーとで大鉄橋を抑える。ティナ嬢達はエルナーと共に、西部地区に入り込んだ死人の掃討をお願いしたい」

「構いませんが、アディソン侯はどうするんですか？」

異端審問官達は使徒の手足。間違いなく、侯爵も——そして【龍】も狙われる。

鎧とマントを身に着けたアーサーが毅然《きぜん》と言い放つ。

「閣下とて歴戦の勇士！『花天《かてん》』の結界もある。早く止めねば、西部地区だけでなく、東部地区の被害も甚大《じんだい》となろう。守るべきは民だっ！」

「——了解です」

嗚呼《ああ》、この人は英雄なのだ。守るべきものを絶対に見失わない。

僕は屋根から降りた寝間着姿の少女達と頷《うなず》き合う。

「ティナ、ステラ、リリーさん、聞いての通りです。他国の騒乱に手を出したくはないですが禁忌魔法は見過ごせません。リル、君はキフネさんと此処《ここ》に残って——リル？」

『……え？』

白銀髪の美少女からの返事がない。

——まるで、泡沫《うたかた》の幻だったかのように、少女と白猫の姿は忽然《こつぜん》と消えていた。

　＊

身体強化魔法とエルナー姫の風魔法で、一気に丘を駆け降りる。

「あそこだ！」

先頭を駆けるアーサーが、西部地区の象徴とも言える南の大時計塔を指差す。

足場にしていた建物の屋根を蹴って着地。

すぐにリドリーさんとステラ、ティナを抱えたリリーさんも追いついて来た。リルとキフネさんはいない。結局見つけられなかったのだ。

「……これは『黒花』の」

空中に漂う微小な黒灰を摘み嫌な予感を覚えつつも、戦況を確認する。

気球や尖塔《せんとう》から放たれた光芒《こうぼう》によって、槍《やり》や剣で武装し戦列を組んだ骸骨達、上空を飛《ひ》翔《しょう》する骨の大鳥達が照らされ、各所で騎士や魔銃兵達が交戦中だ。

「先生……」「アレン様……」

激戦を潜《くぐ》り抜《ぬ》けて来たハワード姉妹が僕の傍《そば》で、不安気に震えた。

ブローチ型の通信宝珠で連絡を試みた、アーサーが苦々し気に舌打ちする。

「駄目だ。妨害されている。アディソンの屋敷とも連絡が取れん。エルナー」

「この黒灰……都市全体に未知の妨害魔法がかかっています。短期間では」

鈍色《にびいろ》に輝く金属製の魔杖を握り締め、淡く短い紫髪で白紫の魔法衣姿の大魔法士様は、眼鏡の奥の金銀瞳を悔しそうに細めた。金髪の英雄様が腕を組む。

「アレン！　何とかしてくれっ‼　このままだと詰むっ‼」

「アレンさん、大鉄橋からどんどん骸骨が溢《あふ》れ出《だ》してきます。……東部地区にも。早めに指揮命令系統を回復させないとまずいかもです」

炎花で簡易探知網を形成していたリリーさんも懸念《けねん》を示す。

手の中の灰を握り潰す。やるしかない、か。

「……一部地区だけなら。ですが、使徒達の中には大規模転移魔法を使う者もいます。彼《かれ》等《ら》は——アーサー。貴方《あなた》を釣りだす『餌』の可能性も。狙いは【龍】でしょうし」

アトラス侯国で、水都で、王都で、聖霊教は大規模転移魔法を効果的に用いてきた。

金髪の英雄が魔力を放出させながら、咆哮《ほうこう》する。

「見くびるなっ！　このような事態を想定し、アディソン侯の屋敷を起点に転移魔法阻害の魔法陣を構築済みだ。効果の範囲は工都を覆っている。奇襲はないっ‼」

力に頼るだけでなくきちんと戦いの教訓分析をする。アーサーの部下達は幸せだな。

……いや、巻き込まれるし、大変かな？

「分かりました。先へ！」

「頼むっ！　私達《たち》は大鉄橋までの道を切り開く。リドリー!!」「おお！」

英雄様と剣聖様は屋根を蹴るや、空中で抜剣！

通りに蠢《うごめ》く骸骨の群れが斬撃で切り刻まれ、光と炎の中に消えていく。

……ほんと似た者同士だな。エルナー姫とリリーさんも額に手をやり嘆息している。

偵察用に魔法生物の小鳥達を解き放ち、僕は空色リボンの公女殿下を呼んだ。

「ステラ」「侯爵家の屋敷を中心に浄化します！　どうぞ!!」

「……無理はしないでくださいね？」

少女と手を繋《つな》ぎ——魔力を浅く繋ぐ。

強い強い歓喜が伝わり、溢れ出た光が周囲一帯を浄化。

華奢《きゃしゃ》な身体がふわりと、浮かび上がり——

ステラの背に純白の双翼が出現した。

「いきますっ！」

公女殿下が片手剣と魔杖を十字に重ね、高く掲げると──月無き夜空に、白蒼の氷華《ひょうか》が舞い散り、黒灰を浄化させ、骨の大鳥を消し去っていく。

エルナー姫が身体を硬直させ、僕を見た。そこにあるのは戸惑いと僅かな怯《おび》え。

「……羽？　しかも、この魔法制御の劇的な向上……アレンさん、貴方は」

「本物の『天使』様と縁がありまして。他言無用でお願いします。ステラ！」

「はい、アレン様っ！」

夜空を飛翔しながら、魔法を発動し浄化の範囲を拡大するステラ。正に聖女だ。

ティナとリリーさんが上空を見上げ、賛嘆。

「御姉様、綺麗《きれい》……」「完全無欠の天使様で聖女様ですね～」

襟の通信宝珠から轟音《ごうおん》とアーサーの叫びが飛び込んできた。

『おお！　通信が回復したぞっ‼　──侯爵は御無事だ。ミニエーとアーティ達が精兵を率い護衛の任についている。我等は予定通り大鉄橋を叩《たた》くっ！』

大通りに白と紅の斬撃が炸裂《さくれつ》し、進撃路が形成された。アーサーへ返答する。

「了解です。すぐ追いつきます。エルナーさん、ステラを」

「……私のアーサーが本当にすいません。任せてください」

大魔法士様は心底申し訳なさそうに僕へ頭を下げ、近くの建物へ軽やかに跳躍した。

空中で金属製の魔杖を振るい、光と雷の柱を空中に布陣。ステラに対し攻撃をしかけてくる骸骨や骨鳥を吹き飛ばしていく。アーサーの相方さんもまた傑物だ。

……さて、と。

「先生、私とも繋いでくださいっ‼」「緊急事態です」

僕は残ったティナとリリーさんに向き直った。二人に共通しているのは強い焦燥感。

手に持つ魔杖とティナの魔杖とをぶつける。

「残念ながら……今の僕でも複数人と結べば長時間は戦えません。そして、ステラの浄化魔法は維持し続ける必要性があります」

「それは……でも、私は貴方とっ！　レニエさんだって現れてもおかしくありませんっ」

聡明《そうめい》な少女が逡巡《しゅんじゅん》し、心臓に左手を押し付けた。優しい子だ。

右手を伸ばし、純白のリボンに触れる。

「ティナは僕達の『切り札』です。禁忌魔法を発動させた使徒達がすぐに退かなかった場合、必ず君の力が必要になる——頼りにしていますよ、『小氷姫』様」

薄蒼髪の公女殿下は両手で魔杖を握り締め直し、言葉を繰り返す。

「私が『切り札』……分かりました。それまでに骸骨達を一掃しておきます！」

膨大な魔力が吹き出し、ティナは身体強化魔法と氷風を併用して、エルナーさんの建物へ跳躍した。右手甲の紋章が明滅する。

たったそれだけのことで――魔力灯《とう》、建物、通り、蠢く骸骨達が凍結。

『氷鶴《ひょうかく》』が力を貸してくれるならば、ティナは【龍】すらも氷像へと変えるだろう。

「……アレンさん、あの」

何時《いつ》になく憂い顔のリリーさんが僕の右手首を摑《つか》んだ。

早くも情報を持って来た小鳥達が肩に停《と》まる。

「リリーさん、こっちはお願いします。大丈夫です。『最悪の場合、退いてください』

――なんて言いません。僕にはやるべきことがあります。親友を止めないといけないので。

問題事を解決して、みんなで王都へ帰りましょう」

年上メイドさんは手を離し、涙を拭った。普段通りに笑ってくれる。

「……危なかったら名前を呼んでくださいね～？　すぐ助けに行きます」

「覚えておきます。ではっ！」

僕は年上メイドさんと手を合わせ、礼拝堂を飛び降りた。

――目指すは使徒の待つ工都の大鉄橋だ！

＊

二人を追いかけるのはとても簡単だった。

何しろ——骸骨兵と骨鳥が一体もいない。いたのは異形から必死に逃げる住民達だけ。

速度を落とし、この短期間に数百、数千の異形を斬り倒し、大鉄橋手前の路《みち》までを僅か二人で確保してみせた英傑達の背に声をかける。

「アーサー！　リドリーさん！」

剣聖様が炎剣《えんけん》を無造作に振るった。業火《ごうか》が地面を走り壁となる。

名剣を左肩へ置き、未《ま》だもう一振りを抜いていない英雄が応じた。

「アレン、見事やってくれたなっ！　流石《さすが》は『剣姫の頭脳』殿だ。目に入ったものは全て斬ってみたが……魔法発動を止めぬ限り、ほぼ無限のようだ」

赤髪の公子殿下が記憶を呼び起こすかのように、眉を顰《ひそ》める。

その間も炎は猛《たけ》り、襲い掛かる骸骨兵を灰へと返す。

「魔女の創りし禁忌魔法に死者を呼び起こすものがあると幼き頃、書物で読んだ。……斬り応えがなさ過ぎてつまらぬものだな」

「ハ、ハハハ……」

禁忌魔法は、惨禍を極めた魔王戦争下にあっても、人族と魔族の協定により戦場での使用を禁じられていた。魔法衰退の時代にあって、本来の威力を発揮出来ていない可能性はあっても……この二人のように全てを斬るのはおかしい。

アーサーがもう一振りの名剣をゆっくりと引き抜いていく。刃上で魔法式が輝く。

「だが……分からぬっ！　このような魔法を使えば兵達も民も怯える。奴等《やつら》の目的は工都《こうと》の掌握。延《ひ》いては共和国を手中に収めることではないのか？」

「本人達に直接聞けば分かることだ」

炎壁が崩れると同時に、リドリーさんは炎剣を振り下ろす。

紅光の斬撃が、数百の骸骨兵達を吹き飛ばした。

「見えたぞ」

轟轟《ごうごう》と流れる、首府を貫くジゼル河に架けられた大鉄橋のほぼ中央。

複数の魔力灯の下、長槍に大楯《おおたて》、重兜と重鎧を装備した魔導兵達に守られる、フード付き純白ローブが二人。前方に描かれた禍々《まがまが》しい魔法陣からは骸骨達が這《は》い出てくる。

――戦術禁忌魔法『故骨亡夢』だ。

双剣を構えたアーサーが断定する。

「先に我等と交戦した、使徒第五席イブシヌルと第六席のイフル……いや、レーモン・ディスペンサー伯爵とホッシ・ホロント侯爵といった方が分かり易《やす》いか」

空中に漂う黒灰をリドリーさんが握り潰す。

「……下位の使徒だけとは。上位の連中は何処《どこ》だ？　それに、この黒灰を繰る魔法士も見当たらない。異端審問官達もだ」

「罠《わな》かもしれません。注意を」

魔杖《まじょう》『銀華《ぎんか》』を回転させ、僕も注意喚起。使徒達の行動は読めない。

対して、アーサーは不敵な笑みを浮かべた。

「――ふっ」

もう一振りの剣を抜き放つや双剣が共鳴、発光し、紋章が浮かび上がっていく。

突風で金髪とマントを靡《なび》かせ、英雄が獅子吼《ししこう》する。

「罠があってもただ斬るのみっ！　今日こそ使徒共を討つっ‼　行くぞっ‼」

膨大な魔力が剣に注がれ、

「せいっ！！！！！」

気合と共に放たれた光の斬撃は骸骨兵達を薙《な》ぎ、大楯を幾重にも重ねていた魔導兵の戦列にも到達。分厚い鋼鉄を斬り割き、十数体に膝をつかせる。

アーサーはその戦果に唇を舐《な》め「……硬いな。面白いっ！」と叫び地面を蹴るや、骨を踏みしめ前進してくる異形の大軍へ突撃を開始した。光が瞬《また》く度、相手の数が減っていく。眉間を押し、僕は素直に感想を述べる。

「ほんと、出鱈目《でたらめ》ですね」「敢《あ》えて言うが……従妹《いとこ》殿と同じだ。我等も行くぞっ！」

リドリーさんと軽口を掛け合い、僕達もアーサーへ続く。

炎剣『従桜《じゅうおう》』の業火が鉄橋を火葬場へと変え、僕の光属性初級魔法『光神鎖』と『光神矢』が再生しようとする異形達を拘束、射抜いて灰へと戻す。

敵の戦列が見る見るうちに薄くなり始め、巨軀《きょく》の使徒が何事か号令をかける。

先程、アーサーの初撃を防いだ楯持ちの魔導兵の半数が、前進を開始した。

長槍《ながやり》を突き出し、兜《かぶと》や鎧《よろい》が擦れる音を立てながら進む姿はかなりの圧迫感だ。

「おおっ！　前に出て来るとは手間が省けたっ‼　斬るとしようっ！！！！」

「アーサーよ、戦場でそのような無駄口を叩くな。……とっとと終わらせるぞ」

『天剣《てんけん》』と『剣聖』は嬉々《きき》として自らを加速させ、槍衾《やりぶすま》の下に潜り込み──三閃《さんせん》。

白光と紅光が魔導兵の大楯と重鎧に走るや、黒灰を吹き出し倒れる。

埋め込まれた大魔法『蘇生《そせい》』の残滓《ざんし》が蠢き、身体《からだ》を元へ戻そうとするも、僕の発動した『銀氷《ぎんひょう》』の霧が魔導兵の埋め込まれた魔法式を阻害。自壊させてゆく。

アーサーとリドリーさんが驚いた顔を見せた。

いえ、凄《すご》いのは貴方達《あなたたち》──鉄橋が震え、全身に寒気。

「上ですっ！」「ぬっ」「何⁉」

大跳躍した灰色ローブの男が、武器すら抜かず突っ込んでくる。

迎撃を即断したアーサーとリドリーが剣を振るう。

光と炎の斬撃は狙い違《たが》わず男を捉え、展開された黒灰の『盾』によって一部が阻まれるも、右腕を切断した。

「「──！」」

いきなり、男の身体から黒くドロドロとした水が伸び、右腕と結合。

右手に黒氷の大剣を出現させ、二人に対し大上段で叩きつけた。後退を援護すべく僕は『光神弾《こうじんだん》』で弾幕を張る。

だが、男は伸ばした右腕の中途から黒水を膨張させ、光弾を呑《の》み込んだ。

後退したアーサーとリドリーさんが不快そうに剣を払う。

「気持ちの悪い防御術だ」「水で腕を伸ばし、氷で武器を作り出しただと？」

炎剣の業火が男にまで届き、灰色ローブを燃やしていく。

前方奥では、数を減らした骸骨達が戦力を回復。戦列を整え始めた。

顔を顰め、僕は苦々しさを吐き出す。

「『光盾《こうじゅん》』に『蘇生』。水都で奪われた『水崩《すいほう》』に使徒首座アスター・エーテルフィールドの『墜星』。合計四つの大魔法を埋め込まれています。魔獣『針海』もです」

――憎悪《ぞうお》に染まった光のない瞳が僕を捉えた。肌が震える程の絶叫。

『ア、レ、ン……殺シテヤル、殺シテヤルゾォォォォォォォ！！！！！！！』

人の形すらも喪《うしな》い、黒水と黒氷が身体を覆い尽くし、両手が地面に突き、四足獣に。身体中から数えきれない氷剣と黒水の腕が突き出される。

東都でカレン達と交戦し、暴走したという『黒騎士』と同じ……。

この男に良い思《い》い出はない。王宮魔法士の夢も潰されたし、ティナ達も害そうとした。

だからといって、人の末路がこんなもので良い訳がっ。

僕は歯を食い縛り、男の名前を口にした。

「ジェラルド・ウェインライト……もう、完全に自我を喪って……」

「何故《なぜ》だ！『近衛《このえ》史上最優』と謳《うた》われたお前がっ……何がお前をっ」

声と身体を震わせ、リドリーさんも絶句する。

アーサーの持つ双剣に、膨大な魔力が注ぎこまれていく。

「丁度良い実験体として弄《いじ》られたか。せめてもの慈悲。一撃で――リドリー？」

赤髪の公子殿下が一歩前へ進み出て、炎剣を真横に突き出した。

「お前達は先へ進め。……この愚かで憐《あわ》れな元第二王子は」

頬を炎風が撫《な》で、リドリーさんの姿が消失。

ジェラルドの身体が宙を舞い、炎に喰《く》われるや、大橋右奥に叩《たた》きつけられた。巻き込まれた骸骨達が潰れ、砕ける。

剣聖様が凛《りん》として、宣言された。

「リドリー・リンスターが討つ！　征けっ‼　『天剣』『流星』‼」

「了解です！」「死ぬなよ、リドリー！」

僕とアーサーは進撃を再開し、骸骨達を斬り、拘束し、撃ち抜き――ただ前へ！

土属性初級魔法『土神沼』で敵戦列を分断し、金銀瞳の英雄へ見解を伝える。

「主に発動しているのはイブシヌルですっ！　イフルは補助――」「アレン！」

アーサーの言葉と同時に思いっきり僕は後方へ跳んだ。

直後――空間が歪《ゆが》み、重厚な騎士剣《きしけん》の斬撃が鉄橋に罅《ひび》を生じさせた。

現れたのは、イブシヌルを守っていた巨軀の使徒。

ローブの下にも鎧を身に着けているのは、侯国連合侯爵だった頃の感傷故か。

波となって襲い掛かろうとする異形達をアーサーがバラバラにする中、僕は呻《うめ》く。

「阻害回避の呪符による短距離転移魔法！　厄介なっ」

「魔法に比べ『翳《かざ》す』という動作がある。種が分かれば対応は可能だ」

……普通の前衛にそんな芸当は無理です。エルナー姫は毎回こんな思いを。

紫髪の大魔法様に共感していると、イフルが騎士剣を高く掲げた。

「**聖女様の御為……計画の邪魔はさせぬっ！！！！**」

気味の悪い黒血色の蛇が無数に放たれ、生き残っていた魔導兵達と骸骨達に絡《から》みつく。

ジェラルドのようにそれらが結合。

発動中の『故骨亡夢』も供給源となり、巨大な鎧と骨の合成獣が産み落とされていく。

「こ、これは……」「正気の沙汰ではないっ」

僕は動揺し、さしものアーサーも吐き捨てる。

前方ではイブシヌルが新たな魔法を展開し始め、後方ではリドリーさんが交戦中。

……拙い状況だ。

「アーサー、信じられませんが、イブシヌルは『故骨亡夢』を発動させながら、別の禁忌魔法を紡《つむ》いでいます。かといって——この化け物達を放置すれば、リドリーさんが」

「簡単なことだ」

アーサーは振り返ると、片目を瞑《つぶ》った。

……嫌な……とても嫌な予感が。

「私が合図を出したら空中に飛ばしてくれ。頼んだっ！」「は、はぁっ⁉」

刹那、交差した金銀の瞳には絶対的な自負と僕への深い信頼が見て取れた。

同時に、ララノアの英雄は正面からの突撃を開始した。僕は魔法を静謐《せいひつ》発動。

「**馬鹿めっ！　窮して、考えを捨てようとはっ‼**」

使徒イフルと巨大合成獣がアーサーへと殺到する。

『足止めさえ出来ればもう一発の禁忌魔法で片が付く』

……敵ながら見事な割り切りだ。

アーサーの双剣が明滅し始め、その時は来た。

「**今だっ、アレン！！！！**」「**どうなっても知りませんからねっ！**」

魔杖の石突きで鉄橋を叩き、植物魔法を全力発動。

橋の下に隠しておいた枝が瞬時に伸び、アーサーを遥《はる》か頭上まで飛ばした。

「「っ！？！！！」」

使徒達の唇に動揺が刻まれる。

それでも、イブシヌルは左手の短剣を掲げた。切っ先で漆黒の水が渦を巻く。

「**戦術禁忌魔法『残響亡水《ざんきょうぼうすい》』――今日こそは撃たせてもらいますっ！**」

水の刃が竜巻となってアーサーへと迫り、イフルと合成獣も魔法を発動させる。

頭上から、目が眩《くら》む程の閃光《せんこう》。


「**悪いが――我等《われら》の勝ちだっ！！！！**」


ララノアの守護神は大きく広げた双剣を交互に薙いだ。

凄《すさ》まじい大衝撃が走り、橋が苦鳴。

『残響亡水』も光の双刃に斬り割かれ、イブシヌルと獣達も吞まれる。

最も後方のイフルは残った骸骨と何重もの魔法障壁で防ごうとするも、消えた。

閃光と塵《ちり》で視界が奪われる中、僕は中央部に大穴が空き、今にも崩壊しそうな大鉄橋を植物で補強。冷や汗を流す。

……ララノアの守護神『天剣』アーサー・ロートリンゲン、か。

ひらり、と僕の前へ着地したアーサーが疲れた様子もなく胸を張り、金髪を払った。

「大・成・功だっ！　ふっ……我ながら才能が怖いっ‼」

嫌いにはなれないけど、困った人だ。

後方に降り立った赤髪公子殿下へ状況を確認する。

「リドリーさん、ジェラルドは……」

「大分斬ったし、燃やした。この場ではもう戦えまい」

風によって視界が回復し——対岸の使徒達と、血塗《ちまみ》れになって倒れピクリとも動かない人型のジェラルドが露《あら》わになった。

僕は左肩から下を喪った痩身《そうしん》の使徒へ質問する。

「レーモン・ディスペンサー伯——いえ、使徒イブシヌル、貴方に質問があります」

「……エルンスト・フォスは生きていますよ、お人好《ひとよ》しの鍵殿。貴方にとっては裏切り者の獣人達も。無論、聖女様の御前においては、生と死など意味のない概念ですがね」

淀《よど》みない返答。僕がララノアへ来ることを、偽《にせ》聖女は想定済みか。

アーサーが呆《あき》れた口調で詰《なじ》る。

「お前達の親玉は——邪悪な偽聖女は何を考えているのだ？　王国、帝国、侯国連合、そして、ララノア。世界を掻《か》きまわし過ぎだぞ？」

沈黙が降り、使徒達の荒い息遣いだけが耳朶《じだ》を打つ。

左肩を喪ったイブシヌルと、右腕を喪ったイフルが互いを支え、哄笑《こうしょう》した。

「フフ……フフフ………『天剣』殿。貴殿は強い」「強いが……ただそれだけだ」

「決して世界を救えはしないっ」「だが聖女様は……あの御方は違う」

「必ずや、この醜き世界を救ってくださる。私達はまだ負けていないっ！」

イブシヌルは唇を歪め右手を翳した。

――鉄橋の頭上で、バチバチという音。

阻害を無理矢理突破し、巨大な『黒花《こっか》』が開いて行く。

「エルナーと我が国最高の魔法士達が組み上げた、大規模阻害結界を破るだと⁉」

アーサーが動揺を示す中、僕は答えを導き出していた。

――侯国連合の水都旧聖堂。

【黒の聖女】に騙《だま》された優しき最後の侯王は全ての咎《とが》を背負い、我が身を以《もっ》て世界樹の暴走を封じた。そして、そんな彼の遺書は――世界樹を暴走させた魔法式の書かれていた石板は、偽聖女によって回収された。

封じるのと破るのは表裏一体。

聖霊教は、大魔法士だった『侯王』の魔法式を実戦投入してきたのだ。

「……来るぞ」

炎剣《えんけん》の柄《つか》を握り締め、リドリーさんが硬い声で僕達《たち》へ注意を喚起した。

開き切った『黒花』の中から、新手の使徒が姿を現す。

美しい白髪に金の瞳。華奢《きゃしゃ》な肢体。純白のローブを身に纏《まと》い、頭に被《かぶ》っている白の魔女帽子には八片の花飾り。手に持っているのは金属製の長杖《ちょうじょう》だ。

背中の黒く濁った妖精羽を羽ばたかせ、負傷した使徒達とジェラルドを睥睨《へいげい》する。

「イオ殿……」「………」

イブシヌルとイフルは顔を伏せ、唇を噛《か》んだ。

偽聖女の持つ『鬼札』の一角にして、黒灰をばら撒《ま》いた張本人——聖霊教使徒次席『黒花』イオ・ロックフィールドは嘲る。

「ふんっ。使徒とは思えぬ情けない姿だが……非才共の割に多少は役に立ったか。『天剣《てんけん》』に『剣聖』。そして『欠陥品の鍵』。聖女の予言通り——面白い」

「「っ!」」

黒き花吹雪が渦を巻き、底知れない魔力が頭上の使徒へ集束する。

イオが魔法を展開し始め、犬歯を剥《む》き出《だ》しにして叫ぶ。

**「この私が直々にお前達の相手をしてやろうではないかっ！　感激に打ち震えながら死ぬがいいっ！！！！」**

魔力の余波で崩壊しかかっていた大鉄橋の一部が崩れ、黒い水面に落下する。

使徒次席『黒花』が相手となれば、勝ったとしても長期戦は免《まぬが》れないし、この機に転移魔法を使ってきた。……つまり。

胸元の通信宝珠が、アーティの泡を喰ったかのような悲鳴を届ける。

『ア、アーサー様っ！　屋敷《やしき》の上空に聖霊教の使徒ですっ‼　僕達だけでは、抑え……』

けたたましい破壊音を最後に通信は途絶した。……まずい、最悪だっ。

『大規模転移魔法は使えない』

認識を逆手に取っての奇襲策。事前に情報を洩《も》らした裏切り者がいる。

アーサーが歯軋《はぎし》りし、双剣の柄が軋《きし》む程握り締めた。

「アレンの言う通り罠《わな》だったかっ。致し方ない。『黒花』を倒し――」「焦《あせ》るな」

赤髪の公子殿下は英雄を窘《たしな》め、前へ。

上空にいる傲岸不遜な様子の使徒を睨《にら》み、僕へ指示。

「私が相手をする。アレン、アーサーを連れてアディソンの屋敷へ急行してくれ。戦場では冷静さを喪《うしな》えば敗れる――かつて、技量、経験で勝りながらも『剣姫』に敗れた私のように。なに、私は伝説の【菓聖】を超える男。こんな所では死なん！」

リドリーさんが炎属性上級魔法『灼熱大火球《しゃくねつだいかきゅう》』を瞬間発動。イオの周囲で炸裂《さくれつ》する。

僕は即断し、叫び返す。

「御武運を！」

「それはお前が持っておけ。死なせたら——従妹《いとこ》殿は世界を滅ぼしかねんからな」

炎の中から現れた無傷のイオの顔に好奇の色。リドリーさんに興味を持ったか。

悔しそうな英雄様の背中を叩《たた》く。

「行きましょう、アーサー！　時間との勝負ですっ‼」

＊

各通りに残存する骸骨達を都度掃討し、逃げ遅れた住民達を助けつつアディソン侯爵の屋敷へと僕とアーサーは突き進む。阻害を行っていたイオが前線に現れ、魔力が強まったせいだろう。通信状態は先程よりずっと悪く、魔法生物の小鳥達も帰って来ない。

聳《そび》え立《た》っていた大時計塔には大穴が空き、赤や橙《だいだい》の屋根と煉瓦《れんが》造りの建物は崩れ、装飾窓も割れている。美しかった異国の街並みは、見るも無残な有様《ありさま》だ。

……みんなは無事だろうか。

「アレン！」

僕が不安に思っていると、通りの骸骨達を悉《ことごと》く斬ったアーサーが剣を突き出した。

侯爵家がある地区の尖塔《せんとう》から放たれる光に照らされながら、白翼を羽ばたかせて、剣と魔杖《まじょう》を振るう長い薄蒼《あお》髪の美少女——ステラだ。

雪華の中を飛翔《ひしょう》し、異形を浄化。

人々を救うその姿は神話上の天使に他ならない。

残存する骸骨兵達が投げ槍《やり》や骨の弓矢でステラを狙うも、炎花に阻《はば》まれ届かず。

嵐の如《ごと》く二振りの大剣を振るうリリーさんによって、陣形をズタズタにされる。

直後、尖塔入り口に陣取った、ヤーゲルという名の若い士官に指揮された海兵達が魔銃の一斉射で援護。良《い》い連携だ。

土魔法で急造された野戦陣地内では負傷した兵や住民達を、屋敷で何度か見かけた小柄で地味な印象の眼鏡メイドさんが、信じられない速度で負傷者の治療を行っている。

最小の動きで最大効率の仕事をする——ハワード公爵家のメイドさん？　まさかな。

「エルナー！」

近くの建物の屋根から、骨鳥の群れを雷柱で一掃した短い紫髪で金銀瞳の大魔法士様を金髪の英雄が発見し大跳躍。

「アーサー！」

ロートリンゲンの姫様も気づき、表情を微《かす》かに綻ばせた。

奮戦中の将兵や、負傷し救護を受けている住民達も歓喜の声を上げる。

――英雄と姫。絵になるな。

「先生！　御無事ですかっ⁉」

風魔法を使い、ティナが転がるような勢いで通りへ降りて来た。

外套《がいとう》にこそ汚れはあるものの……良かった。怪我《けが》はしていないようだ。

「ええ、何とか。ティナ達も無事で良かったです。早速ですが、今の状況を――」

「**アレン！　此処《ここ》はエルナー達に任せるっ‼　我等は建国記念府へっ‼!**」

そう叫ぶや、アーサーは移動を再開した。今の言い方だとティナもか。

薄蒼髪の公女殿下が僕へ水筒を渡してきた。

「どうぞ！　眼鏡をかけている、うちの家のメイド隊第三席、オリー・ウォーカーに似ているメイドさんに貰《もら》いました。移動しながら説明します‼」

「第三席さんに？　あ、ありがとうございます」

戸惑いつつも御礼《おれい》をいい、僕は植物魔法を発動。一気に建物の屋根まで駆け上った。

ティナを抱え屋根の上を駆け、目で説明を促す。

「先生達と別れた後――私達は御姉様を援護して西大通りの骸骨達を掃討。住民の皆さんを救助しながら、アディソン侯爵家の屋敷までの安全を確保しました。エルナーさんの巧みな指揮もあり、混乱を回復した後は全く寄せ付けていなかったんですけど……」

「大規模転移魔法による奇襲、ですね」

直上から降って来た骨鳥に『氷神弾』が叩きこまれ、落下していく。

見事な手並みを見せた薄蒼髪の公女殿下が小さな身体《からだ》を震わせる。

「屋敷の直上から侵入されて対応が遅れました。使徒達の目標は交戦ではなく、アディソン侯の魔剣『北星』だったんです！　……短い戦闘の後に奪われて、『花天《かてん》』の封の中に逃げ込まれましたっ。侯爵はミニエーさん達を直率されて、止める間もなく」

「……建国記念府へ向かわれた、と」

嫌な……とてつもなく嫌な予感がする。

ティナが、複雑そうに説明を再開した。

「相手の指揮官は三人です。聖女の従者を名乗る剣士ヴィオラ・ココノエ。使徒第三席の槍使いレヴィ・アトラス。そして……」

「**天地党《てんちとう》党首マイルズ・タリトーだっ！**」

折れた魔銃工房の煙突から、アーサーが僕達の前へと降りてきた。

その表情は苦渋に満ちている。

「マイルズの魔法からイゾルデを庇《かば》い、アーティも負傷したそうだ。建国記念府の地下には――【氷龍《ひょうりゅう》】が眠っている！　奴等《やつら》の目的はあの怪物の完全復活だっ。阻止しなければ、ラランノアだけでなく、周辺諸国にも大なる被害が及ぼうぞっ‼」

「？　【龍】は大魔法『炎滅《えんめつ》』で封じられている筈《はず》。そう簡単に解けるものでは」

僕の言葉は最後まで発せられなかった。英雄の横顔が余りにも悲痛だったからだ。

記念府近くでは激しい戦闘音。既にアディソン侯爵達が突入を開始している。

屋根を飛び降り、硝子《ガラス》の砕け散った宝石屋の前に降り立ったアーサーが、双剣を『黒花』から現れた新たな巨大魔導兵達へ向け、僕に告解する。

――これはララノアの秘密。

「約百年前の建国戦争において、アディソンの家とロートリンゲンの家は……勝利を渇望《かつぼう》する余り、過《あやま》ちを……どうしようもない過ちを犯した」

英雄に気付くや、七体の巨大魔導兵が槍衾《やりぶすま》を形成、突撃してきた。

石畳に亀裂が走り、魔力灯が点滅する。

僕と共に通りへ降り立ったティナは動かない。動けない。

「独立を宣言したもののユースティンの軍は強大。緒戦こそ大勝を得たものの、以後は全戦線で押され、アディソン侯が幾ら奮闘しようと……敗勢は明らかだった。秘伝『光剣』も喪われていたからな」

魔導兵達が槍の穂先から上級魔法級だと思われる漆黒の大水球をアーサーに叩きつけるも、桁違いの魔法障壁によって、遥《はる》か前で消えていく。

「結果……当時のアディソンとロートリンゲンは敗北にっ、そして後世の史書に書かれるだろう非難の幻想に耐えきれず…………【龍】を……【氷龍】を戦場に投入したのだっ！　ロートリンゲンに伝わる双聖剣を用いて、無理矢理使役することでな」

交戦しか命じられていないであろう魔導兵達の行軍速度が鈍り、停止した。

兜《かぶと》の奥に見えた瞳には濃い恐怖。

――双剣がアーサーの膨大な魔力に耐えかね軋む。

「無論、上手《うま》くいく筈もない。旧都が廃都となったのは決戦の為《ため》ではなく、【氷龍】が敵だけでなく、味方の勇士、英傑、将兵の大半をも喰《く》らったからだっ。ララノアだけでなく、東方諸国が滅びなかったのは、龍が激しく消耗したことと、『花天』と『氷姫』が再封印を施してくれたからに過ぎん。……以来、あの龍を我等はこう呼んでいる」

英傑殺しの氷龍、と。

アーサーはそう悲しそうに呟《つぶや》き、双剣を無造作に薙《な》いだ。

夜が昼になった程の光が血塗られた工都《こうと》を包み込み――

『～～～～～～～～～～～～～～～～～～～～～～～～～～～～！！！！』

声なき悲鳴を挙げ、巨大魔導兵達が呑《の》み込まれ——消えた。闇が全てを覆い隠す。

ティナが僕の右腕に抱き着く。

「い、一撃で全部を倒したんですか？　斬撃すら見えませんでした……」

「ええ……」

薄蒼髪の公女殿下へ答え、英雄の寂しげな背中を見つめる。

完全に膨大な魔力を受け止めきれていない、偽《にせ》の双聖剣は未《いま》だに光を放出中だ。

肩越しにアーサーが僕達《たち》を見た。

「巻き込んで本当にすまぬな、アレン、ティナ嬢。……笑ってくれ。『天剣《てんけん》』などと呼ばれてもこの程度なのだ。戦の終わった後、幾らでも私を責めてくれ——先に行く」

「アーサー！」

ララノアを背負う騎士は引き留める間もなく、消える。

——【龍】の戦場投入。そして、あそこは『生きている儀式場』。

偽聖女は十日熱病で人々を殺《あや》め、魔力を集め、儀式場へ注いだ。

まさか、聖霊教の狙いは。

「先生」「？　ティナ？？」

僕が危険な結論を導き出す中、薄蒼髪の公女殿下が前へ回り込み胸を叩いた。

そこにあるのは、かつてはなかった自分自身への信頼。

「『切り札』、です！」

強い突風が、僕の決断を促すかのように吹き荒れた。……確かに、な。

通信宝珠に話しかける。

「ステラ、リリーさん、聞こえていますか？」

『！　アレン様‼』『アレンさん、御無事ですか⁉』

意外なことに、すぐ二人の反応が返ってきた。

突風で雪華が広がったのかな？　ティナの乱れた髪を手で直す。

「時間が惜しいので手短に。これから起こるであろうことについて話します」

この戦場において僕達の勝機は乏しい。だけど……みんなを救うことは可能な筈だ。

説明を終え、二人へ力強く告げる。

「――以上です。ステラ、君がみんなの要です。リリーさんと一緒に退路となる西側通りの確保をお願いします。僕とティナはアーサーと【龍】の完全復活を阻止します！」

少女達が息を呑む気配。

普段、僕がティナを前線に出したがっていないことを知っているのだ。

『アレン様、妹をよろしくお願いします。どうか、どうか……御無事でっ』

『了解しました～！　メイドさんにお任せあれ～☆』

ステラとリリーさんは僕の決断には何も言わず、背中を押してくれた。

僕は瞑目《めいもく》し――目を開け、やる気十分な少女へ微笑《ほほえ》んだ。

「さ、行きましょうか。遅れず付いて来てくださいね？　ティナ・ハワード公女殿下」

「勿論《もちろん》です。――私は、この日が来るのを、ずっと、ずっと、ずーっと、待ち望んでいました。今日は私が貴方《あなた》の隣にいます。誰にも譲りませんっ‼」

＊

僕とティナが、工都西部地区中央に鎮座する霊廟《れいびょう》の如き白亜の建物――建国記念府に到着すると、階段前で激しい戦闘が始まっていた。

味方は、アーサーが西部戦線から引き抜いた精鋭騎士とミニエー率いる海兵達。

記念府前の敵は、聖霊教異端諮問と魔導兵。そこにスナイドル率いる軍服の違う魔銃兵達。裏切り者はあの副長っ。

……いや、『北星』が結界の封を解くと彼は知らない。なら。

「アレン！　ティナ嬢、あそこだっ！」

単騎で魔導兵達を斬り伏せるアーサーが途中で僕達に気付いた。思考が吹き飛ぶ。

階段を登り切った先、記念府の入り口で相対する白髪の老人と二十代にしか見えない男を指し示した。

オズワルド・アディソンと——おそらく、マイルズ・タリトー。

侯爵は突出し過ぎて、敵陣に孤立したのか。

片や国家元首。片や叛乱《はんらん》側の党首。

そんな二人が同じ騎士剣《きしけん》、同じ騎士鎧《よろい》を身に着け斬り結んでいる。風魔法を発動させ、声を拾うと、侯爵が投射した光槍《こうそう》を弾《はじ》かれ、歯軋《はぎし》りした。

『何故《なぜ》だっ？　何故……聖霊教と組むなぞとっ！　嗚呼《ああ》、マイルズっ！　血の繋《つな》がらぬ我がたった一人の弟よっ。権力維持の為、孤児院から拾われたお前を、幼くしてタリトーの家へ養子に出したアディソンの家を、それを継いだ私を憎んでいたのか⁉』

『愚問ですな、元首——いや、兄上。私は貴方を憎んだことなどありませんよ』

！　この二人、兄弟だったのか⁉

でも報告書で読んだ限りでは、年齢の差はなかった筈……。

「……若返った？　奇怪な」

アーサーは小さく零《こぼ》し、疾走を開始した。僕とティナも後を追う。

ややくすんだ金髪のマイルズが憎悪《ぞうお》を滲《にじ》み出す。

『ただ――亡《な》き妻が命懸けで遺《のこ》してくれた、世界で唯《ただ》一人、私と血の繋がった息子の命すら救えぬララノア共和国の歴史は今日終わる。貴方には伝えていた。息子の受けた『治療』はあくまでも延命に過ぎず、治す為には聖霊教と……聖女様と手を結び、大魔法『蘇《そ》生《せい》』復活を促進してほしい――私は幾度となく懇願もした。その手を振《ふ》り解《ほど》き』

男の魔力が爆発的に上昇した。頬を悍《おぞ》ましい魔法式が這《は》いずり回《まわ》る。

世界で唯一人、血の繋がった我が息子――じゃあ、イゾルデ嬢は？

『息子を、私のアルフを殺したのは貴方だ、オズワルド！』

『マイルズっ。お前の身にいったい何があったのだっ！　血は繋がらなくとも、自分と同じ境遇だと、あれ程イゾルデを愛していたお前がどうしてだっ‼』

侯爵の顔が悲痛に歪《ゆが》み、戦いが再開された。

急がないと……マイルズはもう人を止めている。

襲い掛かってきた最後の魔導兵をアーサーが斬り倒し、異端審問官達を僕が『闇神糸《あんじんし》』で拘束、ティナが氷属性上級魔法『氷帝吹雪《ひょうていふぶき》』で凍結させ、記念府へと突き進む。

「……ぐっ」「哀れだな、兄上。かつての武勇は見る影もない」

僕達が一気に階段を駆け上がると――剣や槍、杖《つえ》を持った石像の下、片膝をついた侯爵が荒い息を吐いていた。口から血が滴《したた》り落《お》ちる。

「おのれっ！」

止《とど》めを刺そうとしたマイルズにアーサーが斬りかかるも――灰色の『盾』に防がれる。

「これは……」

壮絶な笑みを見せ、マイルズは石の床を蹴って内部へと後退した。

僕達の抉《こ》じ開けた戦列の穴を突き、血相を変えた騎士達も駆け上がってきて、侯爵の治療を開始する。アーサーは騎士達へ「侯爵を連れて退け」と指示を出し、石像の立ち並ぶ奥へと進んでいく。

「ティナ、行きましょう」「はいっ！」

僕達も後へ続くと、全方向から灰色の『盾』が襲撃してきた。

が――英雄の双剣がその全てを瞬時に消失。信じ難《がた》い速度だ。

騎士剣と片刃の短剣を構え、マイルズが立ち塞がる。

「……此処《ここ》は決して通さぬ。使徒様達の仕事が終わるまで大人しくしていろ」「っ！」

ティナは気圧《けお》されるも、魔杖《まじょう》を握り締めその場に踏み留まった。

技量を考えれば、目の前の男に勝ち目はない。大魔法『光盾《こうじゅん》』や『蘇生』の残滓《ざんし》を埋め込まれていてもだ。……マイルズは死を恐れていない。

　アーサーが苛立《いらだ》たし気に叫ぶ。

「マイルズ殿！　本気で国を割られるつもりかっ⁉」

「割れぬよ、『天剣』。ただ、アディソンが消え……」

　男の目から感情が消え、真紅に染まる。騎士剣と短剣に魔力が集束していく。

「聖女様へ捧《ささ》げるのみ。さすれば、約束の日に亡き妻と息子も蘇《よみがえ》らせていただける」

「おのれぇぇ！！！！！　狂ったかぁぁぁっ！！！！！」

　アーサーが瞬時に間合いを殺すと同時に、漆黒の巨大な鹿が放たれた。

　記念府全体が大きく震え、独立戦争当時の勇士や魔法士の石像が倒れ、壊れる。

　僕は背中にティナを隠し、騎士剣と短剣を折られ、ローブをボロボロにされながらもアーサーの攻撃を凌《しの》いで見せた、マイルズを睨《にら》みつける。

「使い手を喪《うしな》ったという光属性極致魔法『光神鹿』を闇属性にしたものですね？　やはり、貴方もゼルと同じ……いや、イドリスとゼルで研究した力をっ！」

「せ、先生っ！　な、何か来ますっ‼」「！」

　ティナよりも少し遅れて、僕とアーサーも事態を把握した。

　――地下から恐ろしいモノが這い出ようとしている。言葉を零す。

「英傑殺しの【氷龍《ひょうりゅう》】が復活した……?」

「時間切れのようです。では御機嫌よう」

マイルズは皮肉を告げ、呪符を取り出して消えた。転移魔法っ。

「ティナっっ!」「きゃっ」

薄蒼《あお》髪の少女を抱きかかえ入口へと駆ける。騎士達は——良し! 撤退した。

風魔法で声を増幅し、

「**退避をっ!**」「**退避だっ! 全力で防御っ!!**」

アーサーと一緒に全力で注意喚起を行い、外へと飛び出す。

空中で振り返ると——

『〜〜〜っ!!!!』

記念府の荘厳《そうごん》な屋根と石柱や石像が小山程の大氷柱によって天高く吹き飛ばされ、工房都市へと落下。美しい街並みを更に痛めつけるだけでなく、凍結させる。

階段上に突き刺さった石柱に降り立ったのは、フード付き灰色ローブの少女が二人。

「聖女様の予言通り。来たか『欠陥品の鍵』」「……災厄の大星霊《せいれい》」

一人は深紅に染まり湾曲した片刃の長剣を持つ、少女——水都でリディヤやレティ様と対峙《たいじ》した聖女の従者ヴィオラ・ココノエ。

もう一人は、アディソン侯から奪った魔剣『北星』と長槍を持つ少女――あれが、使徒第三席レヴィ・アトラス。

吸血姫アリシア・コールフィールドに付き従っていた剣士と上位使徒。

これだけでも、厄介極まるのに……。

大穴の空いた記念府だった建物から、心臓が止まるような咆哮《ほうこう》があがった。


『オオオオオオオオオ～～～～～～！！！！！！！！！！！！！！！』

氷柱が砕け、大広場に亀裂が走り、魔力灯《とう》が破裂していく。

『…………』


使徒達《たち》を除き、敵味方問わず、身体《からだ》が硬直し動けない。

氷と岩を掻《か》き分《わ》ける音がはっきりと聞こえる。逃げなくては、でも――何処《どこ》に？

屋根の残骸が宙を舞い。

背中に氷剣翼を持つ巨大な蛇——【氷龍】が遂《つい》に姿を現した。

身体の色は濃い黒蒼。首には双剣が突き刺さり、四肢に黒き炎鎖が纏《まと》わりついている。

過半の角の折れた龍が鬱陶しそうに動く度、翼と翼の間には電光がバチバチと音を立て瓦礫《がれき》を砕く。ティナが僕にしがみつき、震える。

——……勝てない。

「痛っ！」

右手薬指と手首に鋭い痛みが走った。

指輪と腕輪が怒ったように締め付け、目を瞑《つぶ》っているティナの右手甲にも深い紋章。

……そうだ。そうだった。

僕は今までも絶体絶命の危機を乗り越えてきたっ！　今回だって同じだ‼

ティナを地面へ降ろし、頭をぽん、と叩《たた》き、顔を強張《こわば》らせた英雄へニヤリ。

「さ……どうしますか、アーサー？　思っていたよりも【龍】はずっと怪物みたいですが。時間が経《た》てば、イオは禁忌魔法『緑波静幽《りょくはせいゆう》』を使います。リドリーさんがやられる、とは思いませんが、遠からず植物の波が襲ってきて、挟み撃ちです。アディソン侯の傷も深い。このままだと退路も断たれかねません」

「──……決まっている」

ララノアの守護神は、双剣を記念府の上から動こうとしない怪物へ突き付けた。

「我が名はアーサー！　ロートリンゲン帝国の家祖『アーサー』の名を戴《いただ》いた者っ‼　アディソン家には恩がある。亡国を招いた我が一族を救ってもらった大恩が。命を懸けるべき時は今っ！　我が【狐月《こげつ》】【篝月《こうげつ》】に斬れぬものはないっ！！！」

僕は金髪の青年の背中を叩き、頷《うなず》き合う。

【龍】には依然として大魔法『炎滅《えんめつ》』の封が効果を発揮しているようだ。

ステラと魔力を繋ぎっぱなし、かつ連戦で消耗した身で、悠然と佇《たたず》む上位使徒達を突破するのは困難だが、やるしかない。

こんな化け物が世に放たれたら……大陸全土に惨状が量産されてしまう。

意を決し、足を前へ出し──風が吹いた。

『止《や》めておけ。消耗した汝《なんじ》とシキの偽聖剣では届かぬ。天使と氷姫も十全でない。衰微しようが【龍神】の末だ。なに──まだ、多少の時間はあろう』

――……今の声は…………リル？

天使はステラ。氷姫は――ティナのことか？

ララノアに来る際、カリーナと『氷鶴《ひょうかく》』も忠告を発していた。

なら、僕が今晩なすべきことは――

「先生！」

ティナが僕の前へ回り込み、右手甲の紋章を見せてきた。今までの中で一番濃い。

僕は息を吐き、英雄様の背中に話しかけた。

「……アーサー、その案は却下です」

「アレン？」

使徒達が大広場へと降り立ち、此方《こちら》へ向かって歩いて来る。

顔を見ず、左手を差し出した。

「ティナ」「はいっ！」

深く深く魔力を繋《つな》ぐ。

恐怖。緊張。動揺。弱気。それらを圧する無限に湧き出て来るかとも思う程の歓喜。

……そう言えば、ここまで深く繋いだのは北都で『氷鶴』が暴走した時以来だな。

ティナの髪が腰まで伸びていき、清冽《せいれつ》な雪風が吹《ふ》き荒《すさ》ぶ。

魔杖と魔杖を重ね、

「では、やってみましょう」「はいっ！」

試作しておいた名も無き氷魔法を記念府跡に広域発動させる。

『！？！！』

炎鎖の拘束を解こうとしていた【龍】の身体の半ばが氷に閉ざされた。

『氷鶴』はアトラやリアばかり活躍してきたことに、相当お冠のようだ。

使徒達が前傾姿勢を取り、殺気を漲《みなぎ》らせた。

「魔力を繋いだか」「これ程の『銀氷《ぎんひょう》』を……危険だ」

リディヤがいれば真正面から「……先生ぃ？」おっと、いけない。この深度まで繋いでしまうと心の内を読み取られてしまう。

僕は金髪の英雄様に願った。

「アーサー、僕とティナで【龍】を記念府ごと凍結させますっ！　時間稼ぎを‼」

味方の陣がざわつく。とんでもないことを要求しているのは自覚済みだ。

だけど……『氷鶴』が想像以上に『やる気』で、魔法制御以外に回す余裕がない。

「――ふっ」

アーサーが息を吐き、双剣の刃を返した。

「ハッハハッハッ！　この私を、アーサー・ロートリンゲンを時間稼ぎとして使うかっ‼　……面白い。ならばっ‼」

石畳みが砕けると同時に、英雄は使徒達の間近に遷移していた。師匠の歩法っ！

「⁉」「見事、その任、務めて見せようぞっ！！！！」

双剣、片刃の長剣、魔剣、長槍《ながやり》とがぶつかり合って火花を散らし、瓦礫を破壊する。

後は僕とティナが味方を巻き込まないよう、【龍】の頭上へ行ければ。

……問題は紡《つむ》いでいる魔法が精緻過ぎて、他の魔法を使う余裕がないことだ。

後ろ髪の純白リボンを魔杖《まじょう》に結び付け、ティナが意気込む。

「先生！　私が飛び――ふぇっ⁉」「っ！」

突風――いや、世界で一番優しい竜巻と言うべきか。

僕達の身体は一瞬で【龍】の遥《はる》か上空に運ばれていた。

これは、もしかして大魔法『絶風《ぜっぷう》』――白銀髪の美少女の軽口が耳朶《じだ》を打つ。
『エリンの菓子代ぞ』
……少し多過ぎるねっ。
僕達の存在に気付いたか、【龍】が頭を上げ、口を大きく開いた。
黒氷風が集まっていき、大気が、地面が震える。
「ティナ、『切り札』は」「持っていますっ！」
少女の背中に大きな氷の双翼が顕現した。圧倒的な高揚。
僕は神を信じていない。けど――人の強い想《おも》いは信じる。
ローザ・ハワード様！
どうか――どうか、貴女《あなた》の娘に、ティナに力をっ‼
初めて会った時と変わらない、真っすぐな少女と魔杖を合わせ、
氷属性新大魔法『星氷《せいひょう》』を発動。

ほぼ同時に【龍】も螺旋《らせん》状の黒氷嵐を放った。

地形すらも容易に変えるだろう魔法同士がぶつかり――拮抗《きっこう》し、工都《こうと》を震わせる。

「くぅぅっ！」「ティナっ！」

身体がバラバラになる程の激痛に堪え、少女を支える。このままじゃっ。

――正にその時だった。

ティナの魔杖の宝珠が強い光を放ち、『星氷』の魔法式が突如切り替わった。

螺旋状の黒氷風に押されていた蒼《あお》の氷閃《ひょうせん》が一気に勢いを増し、斬り裂く。

『ッッッッッ！！！！！！！！！！！！！！！！！！！』

『氷鶴』の魔力、【双天】とカリーナ、侯王の魔法式を用いた大魔法は、咆哮をあげる【氷龍《ひょうりゅう》】に直撃！　記念府一帯を完全に凍結させた。魔力も感じ取れなくなる。

さっきの魔法式、北都や封印書庫で。

そうか、ティナの魔杖は元々ローザ様が使っていた――

「っ！」「先生っ⁉」

悲鳴こそ上げなかったものの、激痛で意識が遠ざかる。

魔力の繋がりが今切れたら、ティナは落下してしまう。地上までは絶対に。

ぼやける視界が真っ白に染まった——抱きしめられ、暖かい。


「アレン様っ！　ティナっ！　大丈夫ですかっ⁉」

「お、御姉様っ！」「……ステラ。良《い》い機です。有難《ありがと》うございます」

僕達《たち》を抱きしめた天使——泣きそうな顔のステラ・ハワード公女殿下へ御礼《おれい》を言う。

そのまま、大魔法の余波で雪原と化した大広場へ着地。

魔力を切り、戦況を確認する。ステラとティナが僕の前へ。

——中央ではアーサーと使徒達が対峙《たいじ》していた。どちらも相応の手傷を負っている。

味方将兵は完全に戦闘意欲を喪《うしな》っているようだ。戦闘継続は此方が不利か。

奇妙な硬直状態の中、ヴィオラの肩に黒い小鳥が停《と》まった。

何事かを伝えるや、

「ここまでは聖女様の予言通り」「……『炎滅』の存在も確認した。退く」

武器を収め、恐るべき少女達の姿は黒き花に飲み込まれ、消えた。

——終わった、のか？

力が抜け「先生っ！」「アレン様っ！」ハワード姉妹に抱えられる。

うん、過ぎたる魔法を使うと碌《ろく》な事にならない。

しかも、この後は──金髪の英雄様の通信宝珠が鳴り、悲報を伝える。

『アーサー。東部地区からタリトー側に付いた軍が、大規模植物魔法を盾に渡河を開始したわ。このままだと友軍相撃になる。リドリーさんも既に合流済みよ』

「分かった。エルナー、そちらの部隊を纏《まと》めて後退しろ。殿《しんがり》は私が務める」

『──……了解。死んだら、折檻《せっかん》するから』

双剣の内一振りを鞘《さや》へ納め、アーサーが軽く左手を振った。

「と、いうわけだ、アレン。急いで避退してくれ」

「……アーサー、幾ら貴方《あなた》でも、消耗した身では」

僕が反論しようとすると、建物から二人のメイドさんが雪原へと降り立った。

「ちょっと、まったぁぁ～ですぅ～♪」「ううう……私の変装がバレるなんて」

やって来たのは、走り回った筈《はず》なのに余裕綽々《よゆうしやくしやく》なリリーさん。

──そして、もう一人は。

「あ、やっぱり、オリー！」「オリー？」

「ううう……気づかれてはいけないのに。変装したのに……」

脇に抱えられ、恨み節を呟《つぶや》く眼鏡を外したメイドさん。声は高くなり、前髪で隠れていた瞳が見え、胸も大きくなっている。

リリーさんはオリーさんを降ろすと、僕へ近づき、そっと頬に触れ——

「(次こんな無茶したら、攫《さら》います)」「⁉」

本気の声色で勧告するや、胸を張った。

「殿の任——不肖！　リンスター公爵家メイド隊第三席のリリーとぉ～？」

「……ハワード公爵家メイド隊第三席オリー・ウォーカーも参加致します」

アーサーが僕に目で確認を取ってきたので、瞑目《めいもく》する。

本気のリリーさんを止められる訳がない。

金髪の英雄は集まり始めた将兵を一瞥《いちべつ》し、僕達へ深々と頭を下げた。

「アレン、ティナ嬢、【氷龍】の完全復活阻止、感謝する！　さぁ——先に工都を脱出してくれ！　また後で語り合おうっ‼」

## エピローグ

「えっ？　ア、アレン先生から、カレン先生に御手紙が？」

「ええ。今朝、リディヤさんに渡されたんです。日付は先週の土曜日。東都に着いて翌日に書かれたものですね。兄さんのことです——エリー、貴女にも書いていると思いますし、ハワードの御屋敷《おやしき》へ帰ったら確認してみてください」


昼下がりの王都。水色屋根のカフェ。

私は目の前に座る、後輩兼友人で三分の一くらい教え子のエリー・ウォーカーとお茶を楽しんでいた。偶《たま》にはどう？　と誘ってみたのだ。

白いシャツに淡い紅のカーディガンを羽織った、自分の姿が窓に映る。

冷たい冬の風が吹く外と違い店内は暖かく快適で、紅茶とタルトも美味《おい》しい。

「アレン先生からの御手紙、楽しみ、です……」

両頬に手を当てエリーがはにかむと、白のリボンで軽く結わえたブロンド髪が光を反射した。淡い翠《みどり》のセーターと格子《こうし》模様のスカートも可愛《かわい》いし、似合っている。

さっき、そう伝えたところ恥ずかしがっていた。エリーは良い子だ。

聖霊教使徒による王都襲撃事件を受け、王立学校は臨時休校中。

だけど、私の兄さん――狼《おおかみ》族のアレンは十日前にララノア共和国へ行ってしまってい
て会えない。エリーの仕えているティナ・ハワード公女殿下も、私の親友でティナの姉で
あるステラも、兄さんについていってしまった。

リリー・リンスター公女殿下に到《いた》っては、ララノアへの公的な使者役だ。

……私も東都までは同行すれば良かったかしら？

「それにしても、リディヤさんには困ったものです。幾ら王立学校が臨時休校中だからっ
ていきなり『カレン、アトラを預けられたんでしょう？　ステラもいないし、あいつが帰
って来るまでうちの屋敷に泊まりなさい』、ですよ？」

リディヤ・リンスター公女殿下。容姿端麗にして兄さんが『天才』と認めた女の子。

――私にとって兄さんを巡る最大の強敵だ。

休日は一緒に服を見に行くこともあるし、髪を梳《と》かし合ったりもするけど。

チーズタルトを口へ運ぶ。絶妙な甘さが美味しい。

「世話をして下さるリンスター公爵家のメイドさん達にも申し訳なくて……私はそんな立

場の人間じゃありませんし。アトラを可愛がってもらうのは嬉《うれ》しいんですけどね」

アトラは可愛い。とても可愛い。

今日も連れて来るつもりだったのだけれど、よく眠っているものだから、リンスターのメイドさん達に託してきた。御土産を買って帰らないと。

「……あ、あの、カレン先生」

「な～に？」

私が気の抜けた返事をすると、エリーはもじもじ。

「こ、今晩は私も、リンスターの御屋敷にお泊りするの……駄目ですか？」

思いもかけない言葉に私は手を止めた。そもそも泊めさせてもらっている立場なので、回答も し難《にく》い。年下の友人が指を弄《いじ》る。

「その……テ、ティナ御嬢様《おじょうさま》もリィネ御嬢様も王都にいらっしゃらないですし、ステラ御嬢様も……。カレン先生やリディヤ先生と会う機会も少なくて……さ、寂しくて……………」

この子が学内で密《ひそ》かに人気が高い理由が分かるわね。

私は紅茶を飲み、窓の外へ目をやる。通りを歩く人々もコート姿が増えてきた。

本格的な冬は近い。

「リィネは今、テトさん達と南都でしたね」

「はい、一週間前から。昨晩は電話をかけてきて下さいました。先日、王国、帝国、侯国連合の三列強同盟が電撃的に成立した影響で、南都にも人が押し寄せているそうです」

――兄さんはとにかく多忙だ。

ティナ達の家庭教師。アレン商会の御仕事。直近では王女殿下付専属調査官に。

リディヤさんが兄さんの負担を減らそうと動かれているのは正しい。絶対に正しい。

リンスター公爵家の次女であるリィネと兄さんの後輩のテト・ティへリナさんが、月神教という古く珍しい宗教について調査する為《ため》、南都へ派遣されたのもその一環だ。

「貴女《あなた》もついて行けば良かったんじゃないですか？　リィネも喜んだでしょうに」

「私は――封印書庫を開かないといけないので。アレン先生ともそう約束しました」

とても大人びた顔。この子は将来、凄《すご》い美人になる。

……兄さんの影響かしら。

カップを手にし、素直に伝える。

「私も王都に残っているのが、仕事大好き人間なフェリシアだけだと、こうしてカフェにも来にくいので、エリーが残ってくれて良かったです」

「あ、ありがとうございます。嬉しいです。……カレン先生、あの」

少女の額を指で押す。小さい頃、兄さんが私へしてくれた願掛けだ。

「今後もこういう風にお喋《しゃべ》りしましょう。兄さんに対する不平不満をぶつけても構いませんよ？　多少は是正出来ると思います」

「は、はひっ！　是非‼　……で、でもでも……アレン先生に不満なんて、そんなに」

「あるんですね。今度伝えておきます」

「！　カ、カレン先生ぃ。も、もうっ、知りませんっ」

エリーが顔を真っ赤にして、顔を横にした。ティナの仕草にそっくりだ。

こういう穏やかな時間も悪くはない――入り口の鈴が鳴り、扉が開いた。

入って来たのは栗《くり》茶髪で小柄なメイドさん。

次いで、もこもこな外套《がいとう》と兄さんのマフラー、毛糸の帽子を装備した長い灰白銀髪の幼女と、黒髪眼鏡のメイドさんが店内へ入って来た。

「アンナさん？」「ロミーさんとアトラちゃん？」

リンスター公爵家のメイド長さんと副メイド長さんがわざわざ、どうして？

不思議に思っていると、アトラが私達を発見し、トコトコと歩いて来る。カウンター内で男性マスターと顔馴染《かおなじ》みの女性店員さんが顔を綻ばせた。

「♪」

アトラは尻尾を大きく振り、私の膝へよじ登ってきた。身体《からだ》が冷たい。

幼女の帽子とマフラーを外していると、アンナさんとロミーさんもやって来られる。

――顔には何時《いつ》にない緊張。

「カレン御嬢様、エリー御嬢様、御歓談中のところ、申し訳ございません――緊急事態でございます。御耳を」

「緊急……？」「事態……？」

私とエリーは顔を見合わせ、耳を寄せ――その内容に驚く。

『ララノア共和国首府で騒乱あり。アレン様達《たち》は郊外へ脱出したものと思われる』

話し終えると、アンナさんは獣耳幼女の頭を優しく撫《な》で、付け加えた。

「リディヤ御嬢様にも先程同様の報告をあげましたところ『アトラ達に異変がないのなら深刻な事態じゃないわ。ただ、準備はしておきなさい』と」

……ララノア共和国でいったい何が⁉

私とエリーは遠く異国の地にいる兄と友人達を想《おも》い、胸を押さえる。

強風がカフェを揺らし、入り口の鈴を鳴らした。

「くっくっくっ……どうしましたかぁ？　リンスター公爵家メイドの力はその程度なんですかぁ？」

「くっ！　ま、まだですっ。まだ、負けたと決まったわけじゃ、あーあーあー！」

＊

庭に設置された簡易キッチンで猛然と糧食用野菜が刻まれていく。

ララノアに潜入していた長い薄ブロンド髪のメイドさん――ハワード公爵家メイド隊第三席オリー・ウォーカーさんは勝ち誇り、隣のリリーさんが情けない声を出す。

……貴女方《がた》、三日前に工都《こうと》からの撤退戦で殿《しんがり》を務めていたんじゃ？

僕は呆《あき》れつつも、自分も参加すべく席を立とうとし、

「先生は駄目です」「アレン様は座っていてください」

「……ティナ、ステラ」

アディソン侯やアーサーとの会合から戻って来た少女達が僕を咎《とが》める。

現在、僕達がいるのは工都西方郊外。百年前放棄された旧都。

かつて、【氷龍《ひょうりゅう》】がララノア、ユースティンの英傑達を喰《く》らい、滅ぼしたこの地で光翼《こうよく》党《とう》を支持する兵達を集め反攻作戦を立案中なのだ。

強過ぎる魔力の影響なのだろう。廃墟《はいきょ》は植物に余り呑み込まれていない。

隣に座るや、ティナが指を突き付けてくる。

「今、先生に必要なのは休息です！　懐中時計の魔札も壊れていたんですからっ‼」

「いや、でもですね……」「言い訳は禁止ですっ！」

二の句も告げない。ティナに引き続き、将兵達から『天使様！』『聖女様！』と人気急上昇中のステラも僕を詰《なじ》ってくる。

「アレン様……また、倒れられたら怒ります」

三日前――僕とティナは大精霊【氷鶴《ひょうかく》】の力を借り、聖霊教使徒により封を解かれかけた【氷龍】を新大魔法で何とか凍結させ、完全復活を防いだ。

だが、以降の撤退戦では完全に役立たず。

追撃をかけてきた聖霊教異端審問官達や、『黒花《こっか》』の放った大規模植物魔法への対処も出来なかった。魔力を繋《つな》いでいたティナとステラは元気だったのに。

ようやく身体の痛みも退《ひ》いて来たし、糧食作りくらいは協力したいんだけど。

「ダメです‼」「アレンさん、ダメですよぉ～★」

「……ハイ」

ティナとステラだけじゃなく、リリーさんにまで否定される。ぐぅ。

肘をテーブルにつき、少女達へ問いかける。

「アーサーやリドリーさんは何か言っていましたか？」

「『休めっ！』です。エルナーさんからも『とにかく休ませて』と」

「アーティさんとイゾルデさん、リドリーさんも別件があるとのことで出席されていませんでした。……アディソン侯の傷は癒《いや》せたのですが」

「心の問題、ですね」

血が繋がっていないとはいえ弟の裏切り。『花天《かてん》』の封を解く、魔剣『北星』の存在を使徒達に密告した人物も依然として不明。心労が重なったのだろう。

僕は封筒を取り出し、二人へ差し出す。

「先生？」「アレン様？」

「纏《まと》め終えた今回の事件の詳細な報告書です。王都へ至急届け――……え、えーっと、ティナ、ステラ？　そ、そんなに怖い顔をしてどうしたんですか？」

「「…………」」

黙り込み、手を伸ばしてきたハワード姉妹が僕の頰を摘まんだ。

ティナの前髪が立ち上がり、猛《たけ》る。

「……先生ぃ？　先生は『休息』という言葉を御存知でないんですかぁ？」

ステラの背に白黒の翼が幻視され、わざとらしくゆっくりと動く。

「……アレン様。無理無茶をされて倒れられるなら、いっそ私とも深く魔力を……」

「！　御姉様っ⁉　ここで裏切るんですかっ！」

「違うわティナ。これは、正当な権利の主張よ」

うん、ハワード姉妹は今日も仲良しだ。……仲良しだよね？

――一陣の風が吹いた。ほんの微《かす》かに白猫の鳴く声。来たか。

僕が席を立つと、すぐさま三人の公女殿下が咎めてきた。この間もオリーさんは包丁の手を緩めず。メイド長に続き、第三席勝負もリンスターの敗北かもしれない。

「先生！」「アレン様、座ってください」「アレンさ～ん？」

「気晴らしに少し歩いて来るだけです。すぐ戻ります」

この三日間ですっかり顔馴染みになった、ララノアの騎士達や兵士達、途中で会った険しい顔のミニエーと会話を交わし、僕は昔の通りを歩いて行く。

やたらと『英雄』扱いされるのは辟易《へきえき》するけれど、気の良い人達ばかりだ。

そのまま廃墟の街を進むと──目の前の小路《こうじ》を白猫が横切った。僕もその後へ続く。

壊れた壁に座っていたのは予想通りの子だった。

紙製の日傘を持ち、黒紫色の着物姿で、帯には片刃の短剣が差し込まれている。

「やぁ、リル。工都では有難《ありがと》う。助かったよ」

「よいよい。言ったであろうが？　菓子代ぞ」

半ばから壊れた壁の上に座る、長い白銀髪の美少女が左手を軽く振った。

風が吹き──外の音も、気配も、魔力ですら完全に遮断される。

『氷鶴』の力に深く触れ、自分で大魔法を組んだからこそ確信が持てた。

──大魔法『絶風《ぜっぷう》』。しかも、僕等が知るそれよりも遥《はる》かに力が強い。

右肩に乗ってきた白猫のキフネさんを撫で、美少女へ問う。

「それで？　何の用なのかな？？　あんまり時間をかけると」

「天使と氷姫に折檻《せっかん》されるか。難儀よのぉ。──二週間、ぞ」

リルが足を組み、手をひらひらさせる。

意味は単純──『氷が融《と》けて【龍】が完全に復活するまで二週間』。

……思ったよりも短い。

「大分頑張ったんだけどね。倒し方を知っているなら教えてほしい」

「良いぞ。対価は貰《もら》うが」

リルは楽し気に笑う。

キフネさんの重さが消え、気付いた時には壁の上へ。

白銀髪を払い、美少女が立ち上がった。

「まぁ……あれぞ。もう気づいているとは思うが、西の方で魔王をやっておる」

動揺はしない。というか出来ない。人間には許容量というものがある。

――後方から冷たい声。

「安心せよ。人同士の戦いに興味はない。……ないが」

一切の移動方法が知覚出来ず、はっきりと自覚。

リルが本気なら、僕はもうとっくの昔に死んでいる。

目の前に白銀髪が躍り、美しき魔王は手を叩《たた》いた。

「あの憐《あわ》れな【龍】の先にある物は別ぞ。……看過出来ぬ」

「……『先』？」

戦争を終結させた【氷龍】に大魔法『炎滅』。

ウェインライトの家祖が造ったらしい『儀式場』にロートリンゲンの双聖剣。

……これ以外にもまだ何かが？　美少女が悲しそうに零《こぼ》す。

「人は変わらぬ。何百年、何千年経《た》とうともな。変わるのはその欲望の形だけだ」

「…………」

僕には答えられない。答えを持っていない。

風が長い白銀髪と黒と蒼《あお》のリボンを揺らす。

リルは白猫さんを抱き上げ、真顔でとんでもないことを言い放つ。

「アレン、首尾よく此度《こたび》の件を解決したならば――おぬし、私に代わり魔王でもやってみぬか？　五百年前は【双天】に。二百年前は『流星』に。百年前は『銀狼《ぎんろう》』に振られてしまってての。難儀しておる。私もいい加減、好いた男の下へ行きたいのだ」

＊

彼女が変だ、と思ったのは何時《いっ》の頃だったろう。

五年前、彼女とは血の繋がらない母親アーシェラが、タリトー家の嫡子を出産し亡《な》くなった時か？　それともその後――アルフが不治の病に侵されてからか？？

分からない。僕には……アディソン侯爵家に生まれながら、非才卑小でしかない僕、アーティ・アディソンには何も。

――だけど。

「これだけは……これだけは、僕が突き止めなきゃ」

闇夜の中、金属製の魔杖《まじょう》を握り、恐怖を押し殺す。

前方の旧都地下通路を歩いているのは、天幕を抜け出した許嫁《いいなずけ》のイゾルデ・タリトーだ。外套《がいとう》すら羽織らず、白い寝間着の為《ため》、分《わ》かり易《やす》い。

どうしてこんな場所を……？

――そもそもおかしかったのだ。

アディソン侯爵家が代々に亘《わた》り管理してきた地下廟《びょう》の【氷龍】。

そこへ到《いた》る封は名剣『北星』でしか開かず、そのことを知る者も極めて限られる。

……なのに、使徒を名乗る怪物達《たち》は最初から魔剣だけを狙ってきた。

機密を知っているのは、父上とアーサー様。

アレン様と三人の公女殿下。

そして、僕と——……僕がその晩に話してしまったイゾルデ・タリトーだけ。

英雄になりたかった。英雄に憧れた。

けど……学べば学ぶほど、鍛錬すればする程に、夢は色褪《いろあ》せていった。

僕は『天剣《てんけん》』にはなれない。王都からやって来て、【龍】を封じたあの青年にも。

だからといって、ラノアを守るアディソンの責務を忘れたわけでもない。

裏切り者は断罪する。たとえそれが……愛するイゾルデであったとしても。

地下通路をバレないよう慎重に追跡していくと、少女の姿が小路に消えた。

慌てて距離を詰めると——視界が開けた。

不気味な紅月に照らされる黒き花咲く円形の広場。

周囲には半ば壊れた石柱があり、ぼんやりとした灯《あか》りを放っている。屋根は崩落して朽ちたようだ。

……礼拝所？

「嗚呼《ああ》、アーティ様。来てくださると信じていました」「！」

背筋が凍り、恐々と顔を上げる。

折れた石柱に座る寝間着姿の少女が、イゾルデ・タリトーが僕を見つめていた。

――瞳は深紅に染まっている。

僕はこの瞳の意味を、英雄達が打ち倒した老吸血鬼の瞳を知っている。

「イ、ゾルデ？　どうして……何で、君が吸血鬼にっ⁉」

「決まっています」

少女が立ち上がり――消えた。耳元で囁《ささや》かれる。

「聖女様に協力し、父に捨てられても私を愛して下さった貴方様《あなたさま》と永劫《えいごう》の刻《とき》を生きる為です。その為なら私は何だってします。それが――」

国と父を裏切ることだって。

痩せた白い手が僕の首元に迫り、

「アーティ、後ろへ跳べ」「！」

冷静な指示を受け、身体《からだ》が動いたのは日頃の鍛錬故だった。

見えたのは炎。次いで――空中を舞う少女の右手が灰になる。

僕の前に、炎剣《えんけん》『従桜《じゅうおう》』を持つ外套を羽織った赤髪の公子殿下が立つ。

「リドリー様っ！」「……馬鹿者。責任の取り方を履き違えるな」

鋭い叱責。陣を抜け出したのを尾行されていたらしい。

黒花《こっか》が炎上する中、喪《うしな》った右手を見つめるイゾルデが嗤《わら》う。

「『剣聖』様、酷《ひど》いですね。か弱い女に刃を向けるなんて」

「……遺言はそれで良いのか？　死んでおけっ！」「リドリー様、待っ――」

公子殿下は僕の制止なぞ一切気にせず、地面スレスレを疾走した。

神速の斬撃が、反応出来ていないイゾルデの細く白い首に放たれ、

――綺麗《きれい》な音と共に『従桜』は深紅の円弧により半ばから両断された。


「「っ!?」」

リドリー様と僕は絶句。炎剣の刃が地面に突き刺さり、炎が消える。

その間にイゾルデは軽やかに跳躍。折れた石柱の上に立つや、右腕を軽く振った。

切断された手が瞬時に再生。同時に軽い口調が頭上から降ってきた。

「おいおい。アディソンの息子の回収だけ、と聞いていたが？」

『黒花』の中から現れたのは、聖霊教の使徒が着る純白ローブを身に纏《まと》った長身で、白髪紅眼《こうがん》に眼鏡をかけた青年。手に片刃の短剣を持ち、石柱へ降り立つ。

――この底知れない魔力と特徴的な外見。聖霊教の使徒。

「予定が変わりました。潜入《せんにゅう》って大変なんです」

「そいつは分かるが……使徒を扱き使う使徒候補ってのもどうなんだ？」

使徒とイゾルデが会話を交わし、疑念は恐怖へ。僕が知っている少女じゃない。

「ゼルベルト・レニエ……堕《お》ちたかっ！」

リドリー様が折れた炎剣を無造作に振るわれると、業火が巻き起こった。

使徒は悲しそうに顔を歪《ゆが》め、左手で眼鏡を直す。

「……『剣聖』リドリー・リンスター。奇縁と言えば奇縁だな。お前さんに恨みはこれっぽっちもないんだが……悪いな、死んでくれ」

「嗚呼、嗚呼、嗚呼！　アーティ様ぁぁぁ」

二人の吸血鬼が背に醜い血翼を広げ、空中に数えきれない血刃を生んでいく。

血の如《ごと》き紅月の下、惨劇が始まった。

# あとがき

四ヶ月ぶりの御挨拶、七野《なの》りくです。

そう……四ヶ月です。刊行間隔を死守しました。頑張りました。

それにしても、まさか十五巻まで書けるとは思いませんでした。ここまで読んで下さった読者様のお陰です。有難《ありがと》うございます。

物語の最後まで頑張りますので、今後ともよろしくお願いします。

本作はWEB小説サイト『カクヨム』で連載中のものに、加筆したものです。

内容について。

最初に、十三巻時点でのプロットは放棄を余儀なくされました。

原因は誰あろう……狼《おおかみ》聖女様のせいです。

当初、ラランノアへついて行くのは、ティナ、エリーの主従コンビを想定していました。

――だがしかし！

十四巻でカリーナともう一人に出番を奪われた彼女が暴れること、暴れること……。

和解を試みましたが、拒絶され、最終的には全面降伏。

プロット自体の変更に到《いた》りました（※副公爵家の公女殿下は……まぁ、登場した時からああなので）。

……十六巻はもっと暴れるらしく、作者は戦々恐々としています。


気を取り直して、宣伝です！

『双星の天剣使い』三巻まで発売中です。

秋口から、月刊ドラゴンエイジ様でコミカライズの連載も開始されるので是非是非。


お世話になった方々へ謝辞を。

担当編集様、本当に……本当にお疲れ様でした。新担当編集様、色々と御面倒をおかけすると思いますが、よろしくお願い致します。

ｃｕｒａ先生、毎巻毎巻、我《わ》が儘《まま》を言って申し訳ありません。今巻も完璧です！

ここまで読んで下さった全ての読者様にめいっぱいの感謝を。

また、お会い出来るのを楽しみにしています。次巻、龍より恐ろしいものは。

七野りく

お便りはこちらまで

〒一〇二‐八一七七
ファンタジア文庫編集部気付
七野りく（様）宛
ｃｕｒａ（様）宛

富士見ファンタジア文庫

# 公女殿下《こうじょでんか》の家庭教師《かていきょうし》15
## 英傑殺《えいけつごろ》しの氷龍《ひょうりゅう》

令和5年8月20日　初版発行

著者――七野《ななの》りく

発行者――山下直久
発　行――株式会社KADOKAWA
〒102-8177
東京都千代田区富士見2-13-3
0570-002-301（ナビダイヤル）
印刷所――株式会社暁印刷
製本所――本間製本株式会社

※定価はカバーに表示してあります。
●お問い合わせ
https://www.kadokawa.co.jp/（「お問い合わせ」へお進みください）
※内容によっては、お答えできない場合があります。
※サポートは日本国内のみとさせていただきます。
※Japanese text only

ISBN978-4-04-075020-0 C0193

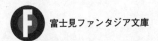

双星の
無名の青年が天下無双の大活躍！
彼の前世は、最強の英雄だ！
華流転生ソードファンタジー。

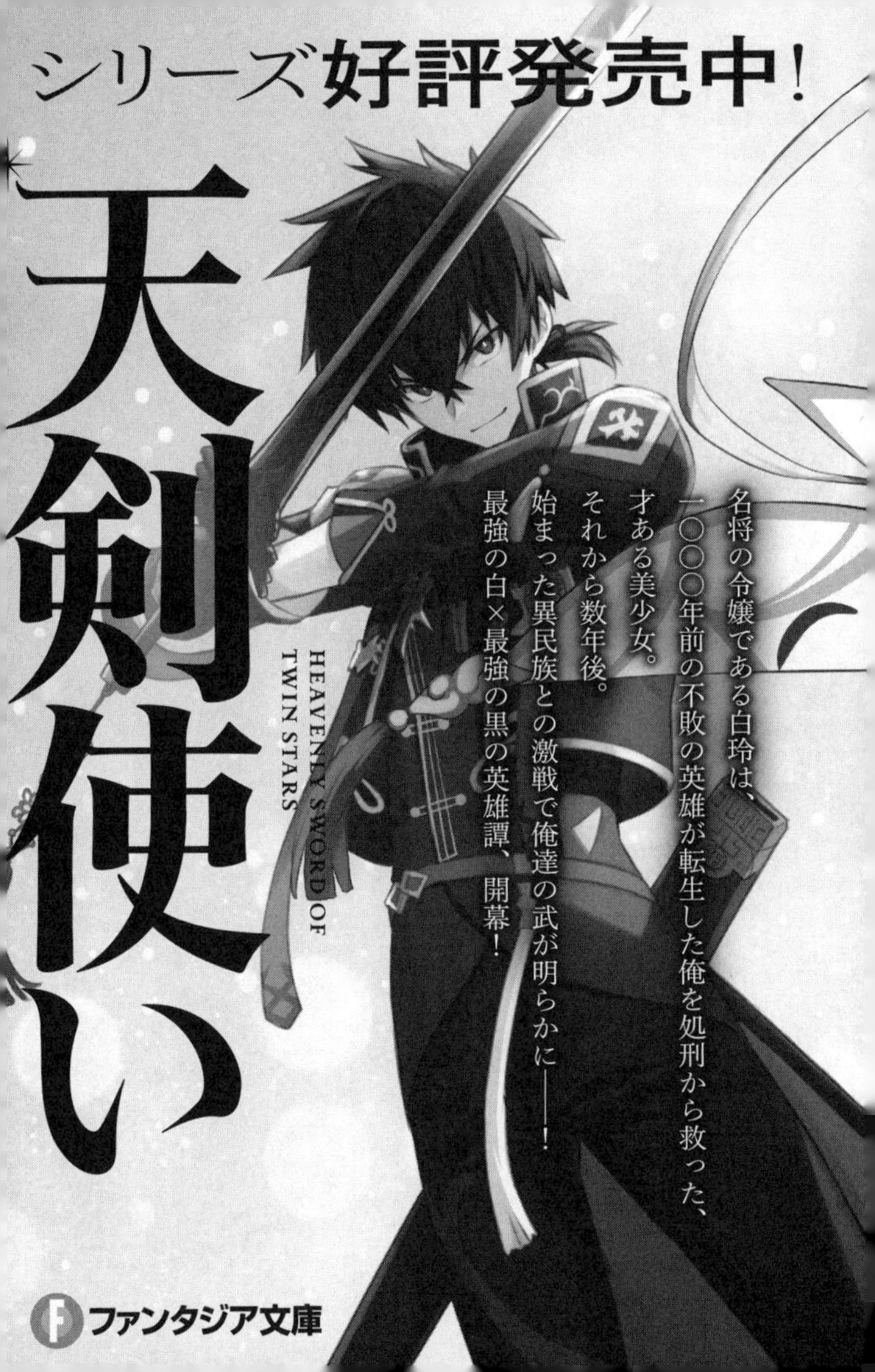
シリーズ好評発売中！
天剣使い
HEAVENLY SWORD OF TWIN STARS
名将の令嬢である白玲は、
一〇〇〇年前の不敗の英雄が転生した俺を処刑から救った、
才ある美少女。
それから数年後。
始まった異民族との激戦で俺達の武が明らかに――！
最強の白×最強の黒の英雄譚、開幕！
ファンタジア文庫

切り拓け！キミだけの王道
ファンタジア大賞
原稿募集中！
賞金
《大賞》300万円
《金賞》50万円
《銀賞》30万円
選考委員
細音啓「キミと僕の最後の戦場、あるいは世界が始まる聖戦」
橘公司「デート・ア・ライブ」
羊太郎「ロクでなし魔術講師と禁忌教典《アカシックレコード》」
ファンタジア文庫編集長
前期締切 8月末日
後期締切 2月末日
公式サイトはこちら！ https://www.fantasiataisho.com/
イラスト／つなこ、猫鍋蒼、三嶋くろね